文豪たちが書いた「犬」の名作短編集

彩図社文芸部　編纂

序

本書は、文豪たちが書いた犬にまつわる短編小説・エッセイを収録したアンソロジーである。14人の文豪たちから作品を集めたが、犬に対する視線はさまざまだ。

愛する犬の死を悲しむ作品、犬を憎悪しながらもいやいや飼うことになった主人公の作品、飼主に捨てられたが従順に待つ心の美しい犬の作品、仲間を見捨てたことに罪悪感を抱く犬の作品……。

収録した作品は、どれも犬が生き生きと描かれており、読めば読むほど文豪たちの犬に対する感情が心に響いてくる。

笑えて、泣けて、ほっとする。そんな犬たちの世界にどっぷり浸かってみてください。

文豪たちが書いた

「犬」の名作短編集

―目次―

文豪たちが書いた

「犬」の名作短編集

硝子戸《ガラスど》の中

夏目漱石

三

私がHさんからヘクトーを貰った時の事を考えると、もう何時の間にか三四年の昔になっている。何だか夢のような心持もする。

その時彼はまだ乳離《ちばな》れのしたばかりの小供であった。Hさんの御弟子は彼を風呂敷に包んで電車に載せて宅《うち》まで連れて来てくれた。私はその夜彼を裏の物置の隅に寝かした。寒くないように藁《わら》を敷いて、出来るだけ居心地の好い寝床を拵えてやったあと、私は物置の戸を締めた。すると彼は宵の口から泣き出した。夜中には物置の戸を爪で掻き破って外へ出ようとした。彼は暗い所にたった独り寝るのが淋《さび》しかったのだろう、翌《あく》る朝までまんじりともしない様子であった。

この不安は次の晩もつづいた。その次の晩もつづいた。私は一週間余りかかって、彼が与えられた藁の上に漸《ようや》く安らかに眠るようになるまで、彼の事が夜になると必ず気に掛った。

私の小供は彼を珍らしがって、間がな隙《すき》がな玩弄物《おもちゃ》にした。けれども名がないのでついに彼を呼ぶ事が出来なかった。ところが生きたものを相手にする彼等には、是非とも先方の名を呼んで遊ぶ必要があった。それで彼等は私に向って犬に名を命《つ》けてくれとせがみ出した。私はとうとうヘクトーという偉い名を、この小供達の朋友《ほうゆう》に与えた。

それはイリアッドに出てくるトロイ一の勇将の名前であった。トロイと希臘《ギリシャ》と戦争をした時、ヘクトーは遂にアキリスの為に打たれた。アキリスはヘクトーに殺された自分の友達の讐《かたき》を取ったのである。アキリスが怒って希臘方から躍り出した時に、城の中に逃げ込まなかったものはヘクトー一人であった。ヘクトーは三たびトロイの城壁をめぐってアキリスの鋒先《ほこさき》を避けた。アキリスも三たびトロイの城壁をめぐってその後を追い懸けた。そうして仕舞にとうとうヘクトーを槍《やり》で突き殺した。それから彼の死骸《しがい》を自分の軍車《チャリオット》に縛り付けて又トロイの城壁を三度引き摺《ず》り廻した。……

私はこの偉大な名を、風呂敷包にして持って来た小さい犬に与えたのである。何にも知らない筈《はず》の宅の小供も、始めは変な名だなあと云っていた。然しじきに慣れた。犬もヘクトーと呼ばれる度に、嬉しそうに尾を振った。仕舞にはさすがの名もジョンとかジォージとかいう平凡な耶蘇《ヤソ》教信者の名前と一様に、毫《ごう》も古典的《クラシカル》な響を私に与えなくなった。同時に彼は次第に宅のものから元程珍重されないようになった。

ヘクトーは多くの犬が大抵罹《かか》るジステンパーという病気の為に一時入院した事がある。その時は子供がよく見舞に行った。私も見舞に行った。私の行った時、彼はさも嬉しそうに尾を振って、懐かしい眼を私の上に向けた。私はしゃがんで私の顔を彼の傍へ持って行って、右の手で彼の頭を撫でて遣った。彼はその返礼に私の顔を所嫌わず舐《な》めようとして已《や》まなかった。その時彼は私の見ている前で、始めて医者の勧める小量の牛乳を呑んだ。それまで首を傾《かし》げていた医者も、この分なら或《あるい》は癒《なお》るかも知れないと云った。ヘクトーは果して癒った。そうして宅へ帰って来て、元気に飛び廻った。

四

日ならずして、彼は二三の友達を拵《こしら》えた。その中《うち》で最も親しかったのはすぐ前の医者の宅にいる彼と同年輩位の悪戯者《いたずらもの》であった。これは基督《キリスト》教徒に相応《ふさわ》しいジョンという名前を持っていたが、その性質は異端者のヘクトーよりも遥《はるか》に劣っていたようである。無暗に人に噛み付く癖があるので、仕舞にはとうとう打ち殺されてしまった。

彼はこの悪友を自分の庭に引き入れて勝手な狼藉《ろうぜき》を働らいて私を困らせた。彼等はしきりに樹の根を掘って用もないのに大きな穴を開けて喜んだ。綺麗な草花の上にわざと寝転んで、花も茎も容赦なく散らしたり、倒したりした。

ジョンが殺されてから、無聊《ぶりょう》な彼は夜遊び昼遊びを覚えるようになった。散歩などに出掛る時、私はよく交番の傍《そば》に日向《ひなた》ぼっこをしている彼を見る事があった。それでも宅にさえいれば、能《よ》くうさん臭いものに吠《ほ》え付いて見せた。その内で最も猛烈に彼の攻撃を受けたのは、本所《ほんじょ》辺から来る十歳《とお》ばかりになる角兵衛獅子《かくべえじし》の子であった。この子は何時でも「今日《こんち》は御祝い」と云って入って来る。そうして家の者から、麵麭《パン》の皮と一銭銅貨を貰わないうちは帰らない事に一人で極めていた。だからヘクトーが幾何《いくら》吠えても逃げ出さなかった。却《かえ》ってヘクトーの方が、吠えながら尻尾を股の間に挟んで物置の方へ退却するのが例になっていた。要するにヘクトーは弱虫であった。そうして操行からいうと、殆《ほと》んど野良犬と択《えら》ぶ所のない程に堕落していた。それでも彼等に共通な人懐っこい愛情は何時までも失わずにいた。時々顔を見合せると、彼は必ず尾を掉《ふ》って私に飛び付いて来た。或は彼の背を遠慮なく私の身体に擦《す》り付けた。私は彼の泥足の為に、衣服や外套《がいとう》を汚した事が何度あるか分らない。

去年の夏から秋へ掛けて病気をした私は、一カ月ばかりの間ついにヘクトーに会う機会を得ずに過ぎた。病が漸く怠《おこた》って、床の外へ出られるようになってから、私は始めて茶の間の縁に立って彼の姿を宵闇の裡《うち》に認めた。私はすぐ彼の名を呼んだ。然《しか》し生垣の根に凝《じっ》とうずくまっている彼は、いくら呼んでも少しも私の情けに応じなかった。彼は首も動かさず、尾も振らず、ただ白い塊のまま垣根にこびり付いてるだけであった。私は一カ月ばかり会わないうちに、彼がもう主人の声を忘れてしまったものと思って、微かな哀愁を感ぜずにはいられなかった。

まだ秋の始めなので、何処《どこ》の間《ま》の雨戸も締められずに、星の光が明け放たれた家の中からよく見られる晩であった。私の立っていた茶の間の縁には、家のものが二三人居た。けれども私がヘクトーの名前を呼んでも彼等は振り向きもしなかった。私がヘクトーに忘れられた如くに、彼等もまたヘクトーの事をまるで念頭に置いていないように思われた。

私は黙って座敷へ帰って、其処《そこ》に敷いてある布団の上に横になった。病後の私は季節に不相当な黒八丈の襟のかかった銘仙のどてらを着ていた。私はそれを脱ぐのが面倒だから、そのまま仰向《あおむけ》に寝て、手を胸の上で組み合せたなり黙って天井を見詰めていた。

五

翌朝《あくるあさ》書斎の縁に立って、初秋《はつあき》の庭の面を見渡した時、私は偶然又彼の白い姿を苔《こけ》の上に認めた。私は昨夕《ゆうべ》の失望を繰り返すのが厭《いや》さに、わざと彼の名を呼ばなかった。けれども立ったなり凝と彼の様子を見守らずにはいられなかった。彼は立木の根方《ねがた》に据えつけた石の手水鉢《ちょうずばち》の中に首を突き込んで、其処に溜《たま》っている雨水をぴちゃぴちゃ飲んでいた。

この手水鉢は何時誰が持って来たとも知れず、裏庭の隅に転がっていたのを、引越した当時植木屋に命じて今の位置に移させた六角形《ろっかくがた》のもので、その頃は苔が一面に生えて、側面に刻み付けた文字《もんじ》も全く読めないようになっていた。然し私には移す前一度判然《はっきり》とそれを読んだ記憶があった。そうしてその記憶が文字として頭に残らないで、変な感情としていまだに胸の中を往来していた。其処には寺と仏と無常の匂が漂っていた。

ヘクトーは元気なさそうに尻尾を垂れて、私の方へ背中を向けていた。手水鉢を離れた時、私は彼の口から流れる垂涎《よだれ》を見た。

「どうかして遣らないと不可《いけな》い。病気だから」と云って、私は看護婦を顧みた。私はその時まだ看護婦を使っていたのである。

私は次の日も木賊《とくさ》の中に寝ている彼を一目見た。そうして同じ言葉を看護婦に繰り返した。然しヘクトーはそれ以来姿を隠したぎり再び宅へ帰って来なかった。

「医者へ連れて行こうと思って、探したけれども何処にも居りません」

家《うち》のものはこう云って私の顔を見た。私は黙っていた。然し腹の中では彼を貰い受けた当時の事さえ思い起された。届書《とどけしょ》を出す時、種類という下へ混血児《あいのこ》と書いたり、色という字の下へ赤斑《あかまだら》と書いた滑稽《こっけい》も微かに胸に浮んだ。

彼が居なくなって約一週間も経ったと思う頃、一二丁隔ったある人の家から下女が使に来た。その人の庭にある池の中に犬の死骸が浮いているから引き上げて頸輪《くびわ》を改めて見ると、私の家の名前が彫り付けてあったので、知らせに来たというのである。下女は「此方《こちら》で埋めて置きましょうか」と尋ねた。私はすぐ車夫《くるまや》を遣って彼を引き取らせた。

私は下女をわざわざ寄こしてくれた宅が何処にあるか知らなかった。ただ私の子供の時分から覚えている古い寺の傍だろうとばかり考えていた。それは山鹿素行《やまがそこう》の墓のある寺で、山門の手前に、旧幕時代の記念のように、古い榎《えのき》が一本立っているのが、私の書斎の北の縁から数多《あまた》の屋根を越して能く見えた。

車夫《くるまや》は筵《むしろ》の中にヘクトーの死骸を包んで帰って来《く》た。私はわざとそれに近付かなかった。白木の小さい墓標を買って来さして、それへ「秋風の聞えぬ土に埋めてやりぬ」という一句を書いた。私はそれを家のものに渡して、ヘクトーの眠っている土の上に建てさせた。彼の墓は猫の墓から東北《ひがしきた》に当って、ほぼ一間ばかり離れているが、私の書斎の、寒い日の照らない北側の縁に出て、硝子戸のうちから、霜に荒された裏庭を覗くと、二つとも能く見える。もう薄黒く朽ち掛けた猫のに比べると、ヘクトーのはまだ生々しく光っている。然し間もなく二つとも同じ色に古びて、同じく人の眼に付かなくなるだろう。

※本作は、原作の一部を使用しています。

わが犬の記

川端康成

1

吉田謙吉氏が「読売新聞」に連載している文士の書斎採集なぞにも、私は愛犬もが書斎の一部であるかのように書かれているが、結局のところ私のように神経質な者は、愛犬家にはなり得ないようである。散歩の道づれと神経質をなおす助手と、これらは私の畜犬の実用的な目的であったし、ちょうど一年前コリイ種を買い入れた時などは、家のなかでいらいらすることが目に見えて少くなるのは自分にも分ったが、世上の愛犬家の列に加わるほど、わが犬のために自分の神経を忘れることは、やはり出来ない。

例えば、私の家とほど近いお住居の藤井浩祐氏のように、庭に出ていた犬達を土足のまま寝床へもぐりこませるといった風なことは、私には出来ないのである。絹夜具ならばぱたぱたとはたいただけで、土ぼこりは落ちるそうである。また、交尾期の牝犬が二三頭もいたりすると、寝間着は朝に点々と赤くなっているそうであるが、そんなことも私には我慢ならない。藤井氏の腕を枕に眠っている犬が多いために、寝返りもなるべくしないという話である。私も犬を寝床に入れはしても、なにかが自分の肌に触れていると眠れないのである。もっとも藤井氏なぞは、畜犬道に於ても、円熟期に入られた大家というべく、淡々として妙境に遊ぶの観がある。しかし、女の猫可愛がりに似た愛犬振りには、正気の沙汰と思えぬ溺れ方が多く、聞く方では反ってなんだか悲劇的なものを感じ、動物としての自然さを余りに失わせようとすることは犬を醜くするが、いずれにしろ私なぞの遠く及ばぬ話ばかりである。

「文は人なり」というような意味で、「犬は人なり」とか、「犬は飼主の鏡なり」とか言われている。西洋映画なぞで、例えば軽業師《かるわざし》の愛犬が、飼主の真似をして、しきりにとんぼ返りをするようなことは、時々見せられるが、犬はその性格や態度が飼主に似るばかりでなく、その容貌までが飼主に似て来るものである。三度主人を変えた犬は、飼うに価しないというくらいである。前の主人達の性質の短所が犬にしみこんでいて、なかなか抜けないからである。洋犬は一般に成犬になってからも、新しい主人になつきやすいけれども、子犬の時から愛育しなければ、やはり自分にぴったりとした犬は出来ない。人間にしても、人手を渡り歩き、もう物心ついた子供を養子としては、どうもぴったりしないのと同じである。しかも、保護者の心の動きをひたすら見つめて、それに応じた生き方をする点では、犬は人間よりも遥かに純粋である。日本では街頭に放し飼いすることが一般とされていたが、あんなものは犬ではない。あんなことでは犬を飼っているとは言えず、ただ野良犬に飯をやっているというだけの話である。人間ならば浮浪児である。

従って、よい犬を作り上げることは、やはり芸術である。愛情ばかりでは足らず、天才と忍耐とが伴わなければならない。美しい体型や傑《すぐ》れた性能を作るために、その道の達人がどんなに苦心するかは、犬通でない私がここに紹介するまでもないことながら、ただ、私なぞが飼えば神経質の犬となる恐れがある。犬は私が神経質であることをちゃんと知っていて、私の神経を見つめているのがいけない。或る人がイギリスへコリイを註文してやると、コリイ種のように一入《ひとしお》人なつっこい犬は、人と犬との接触の折の少い家屋の構造の日本では、神経衰弱になって早死するだろうと、言ってよこしたそうである。今私の家にいるグレイハウンドなぞは、まことに神経がむき出しである。そして勿論、たいていの犬の美しさは、犬が神経質であるという点によるところが多い。けれども、人間の神経質と動物の神経質とはちがうのである。動物の神経質というものは、かがやく明るさの美しさなのである。そして、街頭に野放しされている犬よりも、家のなかに愛育されている犬の方が、反って野性の純潔さを保っているものである。

2

私の家には今六頭の犬がいる。春にでもグレイハウンドとワイヤア・ヘエア・フォックス・テリヤとが、都合よくお産をすれば、一時は十五六頭にも殖えるだろう。そのほかにもまだボルゾイ種は手に入れたい。

しかし、ほんとうに犬を愛し、ほんとうに犬から愛されるには、やはり一人一犬に越したことはないのであろうと、私も考える。犬は犬よりも人間が好きである。犬同士の間では、犬は個人主義的であり、親子夫婦の愛情も、それが種族保存の役目をつとめる時の間しか続かないのが普通であるけれども、人間の飼主への愛情は全く没我的であって、犬という動物は人間から愛されるために生き、人間を愛するために生きていると言ってもいいであろう。生れて間もなく、まだ目も見えず、よく歩けもしない頃から、もう人間への愛情は本能的に子犬のうちに目覚めている。愛されると愛されないとで、犬は直ぐその身振りや眼色や顔つきまでもちがって来る。それだけにまた、嫉妬《しっと》深いことに驚く時もある。以前私の家に狆《ちん》とテリヤとの雑種風な黒牡丹と呼ぶ犬が一頭しかいなかった時、よそから子犬を一頭もらって来ると、黒牡丹はそれから四五日の間、飯もろくろく食わず、呼んでも近づいて来なかった。病気のように見えた。ところがそれは、子犬に愛を分たれるようになったので、すねていたのであった。犬屋に多く雑居している間は、気が荒かったり、素直でなかったりする犬も、買い取られて一頭きりになると、急に人なつっこくなる例は幾らもある。

それに数多くいると、やはりその時々によって愛がかたよる。殊に女なぞは銘々にそれぞれの愛犬をこしらえたがる。二頭が同じように障子の桟を齧《かじ》ったとしても、叱られるのはいつも一頭の方ばかりだというようなことが起る。冬の炬燵《こたつ》代りに寝床へ入れるにしても、最初に主人が彼の好きな犬を選び、最後の残り犬を女中がつれてゆくというようなことになる。主人の愛の薄い犬を、女中が哀れんで可愛がるのは、人情の自然であるが、そうするとその犬はいつの間にか女中じみて来る。犬というものは、一家の人々それぞれの家庭内での地位を、よく知っているものである。賢い番犬は訪客の種類を見分ける。主人だからといって尊敬し、女中だからといって軽蔑するわけではなかろうが、主人と女中とでは、飼犬への態度も自然とちがうわけで、主人の大切な犬には女中が幾らか遠慮をする、そういうところに犬は敏感なのである。例えば、私の自家産のワイヤア・テリヤの牡なぞは、子供の時からこわいのは私だけで、女房や妹や小さい女中だと、叱られている間はじっとしているが、叱るのを止めると同時に、怒って飛びついたり、後を追っかけたりする。女房がその子犬を甘やかせ過ぎたからである。そのかわり、女房が家にいないと、そわそわと寂しそうに家中を捜し廻っている。

しかしながら、四五頭または二三十頭を、こせついた芸当なぞ教えることなく、溺れることなく、厭きることなく、平等無差別に淡々と愛する味いは、けだし畜犬の三昧境であるかもしれない。犬ばかりでなく、いろいろな動物のために設計した家を建て、動物の群のなかに一人住むことは、私のかねがねからの一つの空想である。

勿論、犬種によってそれぞれの性能があり、飼育の目的に従って犬種を選ぶべきで、訓練を施すことなしにセパアドやドオベルマンを飼うことは寧ろ危険であるし、猟もせぬのにポインタアやセッタアを飼うことは無益に近いが、余りこせこせした芸当を覚えさせて、犬を曲芸団の子供のような感じにしてしまうことは、反って醜いと私は考えている。犬は人間の智慧の分け前を持つが、人間の偽りの分け前を持たぬということはほんとうだとしても、犬はやはり動物として愛すべきである。愛する犬のうちに人間を見出すべきではなく、愛する犬のうちに犬を見出すべきである。いわゆる「忠犬物語」は古今東西に数限りなく、動物愛の宣伝として始終書き立てられているが、忠犬を求めることは必ずしも犬を愛する道ではない。孝子節婦の美談は読んでこそよけれ、実際その人に会ってみれば、面白くもない人間が多かろうし、悲惨な境遇が産んだ歪みに過ぎないこともあろうし、人間の幸福として万人に求めてならないことは、犬の場合も同じである。ただしかし忠犬は忠臣よりも遥かに自然である。犬の忠実さには、本能的な生の喜びがいっぱい溢れ、それが動物のありがたさである。

3

私はまだ畜犬の日は浅いけれども、私の家で死んだのは黒牡丹一頭きりである。今から思い返すと、全くこちらの不注意から殺してしまったということが、はっきり分るだけに哀れであるが、死の前の晩に夜通し頭を撫でて慰めてやったことは、せめてもの心やりである。犬というものは主人に対して不機嫌な時がない。いついかなる場合にも飼主の感情に素直に応じてくれるものである。人間同士のように時によって感情の調子や方向がそむき合うということがない。死の苦しみが迫っていても、主人に愛撫されると、力なげながら尾を振って答える。主人の姿が見えなくなると、よろよろと後を追って来る。黒牡丹が死の朝、ばたりばたりと倒れながら、庭に下りて行くので、どうしたのかと見ていると、それはひどい下痢の糞をするためであった。座敷でしては叱られると思ってである。味気ない思いで帰って来た夜更けなぞ、犬が飛びついて迎えてくれるのは、心明るむ嬉しさであるが、黒牡丹は特にこの歓迎ぶりが大袈裟《おおげさ》であった。二階への階段を駈け上ったり駈け下りたり、家中を飛び廻って喜ぶのであった。私と女房とが揃って出かけ、ひとり残されたりすると、腹立ちまぎれに蒲団や畳をさんざんに嚙み破り、枕の上に糞をし、押入れの紙戸まで突き抜けて主人を捜し廻るのであった。だから死なれて見ると、しばらく私も女房も家にじっと落ちついていることが出来なかった。

コリイ種の牡が盗まれた時も、私は一月ばかりぼんやりして仕事が手につかなかった。雪の谷中の墓地を真夜中に歩きながら、子供を失った親心はこんなものであろうかと思った。犬の声がみんなうちの犬に似ているように聞え、その度に家を飛び出すのだが、寝静まった夜更けなぞは、十町も十五町も遠くで吠えるのが間近のことのように聞えるのであった。毎日歩き廻り、タクシイに乗っても街にきょろきょろ目を配っていた。幸い新聞配達が行先を見つけてくれたけれども、さあ犬がいなくなったと言って捜しに出すと、家人達は私の剣幕《けんまく》を恐れて、見つかるまではなかなかよう帰って来ないのである。犬の盗難は頻々とある。少し筋の通った犬ならば、門を出したら先ずとられるものと覚悟しなければならない。警察では畜犬逸走届とかいうものを受けつけはするが、犬の知識のある警官は殆ど稀れで、価格を聞いて驚きながら、たかが犬一匹と考えてか、実に冷淡である。高い畜犬税を徴し、野犬狩その他の方法で多少とも犬種の改良を考慮しているのなら、相当な犬にはもう少し親切であってもよさそうなものである。また盗む人間も余りに心ないしわざというべく、人の子供が街頭に迷い出たとして、そうむやみに連れ去ることの出来るものであろうか。

このコリイの牡は、前に私のところにいた同種の牝と仲よく一つ犬舎に暮していたにかかわらず、グレイハウンドの牝犬とは、どうもいっしょに入りたがらない。彼女を嫌って、自分は縁の下にもぐりこんでしまう。寒さに向ってそれでは困るので、この頃は犬舎で眠るように馴れさせたが、ややもすると、グレイハウンドを追い出す。これでみると、異種の牝を毛嫌いする牡もあるらしいのである。また私のワイヤア・ヘエア・フォックス・テリヤの牝犬は、珍らしく母性愛が強い。子犬が五六ヶ月に成長しても、まだ小便を飲んでやり、大便を食ってやろうとする。この頃はまた、ほかの犬の子供を母犬に代って抱きながら、出もしない乳房を吸わせている。そして、産みの母犬と子供を奪い合って、死にもの狂いの喧嘩をする。この犬からは女の母としての本能を、しみじみと教えられた。授乳中の子犬は母親の口のなかへしか糞尿をしないくらいに、牝犬は人間の母に劣らず、よく子供の世話をする。産後のしばらくは、子犬のためにおちおち眠りもしない。犬を愛する人間の側から見ても、私の日尚浅い経験から言えば、出産から離乳の頃までの子犬を母犬と共に育てるのが、一番楽しいようである。傍についていてお産の手伝いをしてやっていると、新しい命の誕生というものの喜びに打たれる。また、この世の恐れを知らぬ子犬がだんだん飼主の感情のなかへ移り住んで来る経路《けいろ》は、とりわけ面白い。

私はまだそう多くの犬を飼ったことはないし、強いて犬の習性を研究しようと考えたこともないが、犬それぞれにちがった性格の具わっていることは、人間のいわゆるなくて七癖と同じである。歯茎《ぐき》を見せて笑う犬も、私の家にいた。涙をぽろぽろ流して泣く犬も、私の家にいた。

（昭和七年）

美しい犬

林芙美子

遠いところから北風が吹きつけている。ひどい吹雪だ。湖はもうすっかり薄氷《はくひょう》をはって、誰も舟に乗っているものがない。

ペットは湖畔に出て、さっきからほえたてていた。ペットはモオリスさんの捨て犬で、いつも、モオリスさんの別荘のポーチで暮らしている。野尻湖畔のモオリスさんの別荘へ来た時は、ペットはまだ色つやのいい、たくましいからだつきをしていた。

モオリスさんは、戦争最中に、アメリカへ一家族でかえってしまった。ペットは柏原の荒物屋にお金をつけてもらわれてきたのだけれども一週間もすると、つながれた鎖をもぎはなして、ペットは野尻へ逃げていってしまった。それからは、モオリスさんのおとなりにいた白系露人《はっけいろじん》のガブラシさんに、かわいがられて暮らしていたのだけれど終戦と同時に、ガブラシさんも一家族で横浜へいってしまった。

ペットはガブラシさんにも別れて、食べものもなく、すっかり、昔の美しい毛なみをうしなって、よろよろと野尻の湖畔を野良犬になって暮らしていた。

ペットはポインターの雑種で、茶色の大きい犬だった。好きな主人にはなれ、その次のガブラシさんにもはなれて、いままでのたのしい、きそくだった生活からはなれて、だんだんからだが弱くなっていった。

冬になると、モオリスさんは、東京の麻布の家で、ペットをストーブのそばにおいてくれたものだけれど、そして、野尻でも、ガブラシさんは冬になると、いつもストーブのそばにペットを寝かせてくれたけれども、終戦になって、ペットの好きな人がだれもいなくなってしまうと、ペットははじめての冬を、ほんとに哀れなかっこうで暮らさなければならなかった。

疎開の人たちもまだ、あっちこっちの別荘に残ってはいたけれど、ペットを飼ってくれるような、親切なひとは一人もいなかった。ペットは、時たま野尻の町をあるいて、家々の台所口からのぞいて、何かたべものはないかと、そこにいる人々にあわれみのこもった眼を向けるのだったけれども、だれも、しっ、しっとしかるだけで、ペットに食べ物をくれるひとは一人もない。

それでも、ペットはどうにか、食物をあさって、その日その日を暮らしていた。

秋の終わりごろ、野尻の別荘地に、みなれないジープが一台来て、アメリカの兵隊さんが、湖畔で船を出して遊んでいた。ペットは、久しぶりに、モオリスさんによく似たひとにめぐりあったような気がして、ジープのそばへ走っていった。ジープに残っていた兵隊さんが、ペットを見ると口笛を吹いて、ビスケットを投げてくれた。

ペットは、はげしいうれしさで、その兵隊さんの手へ飛びついていった。何年ぶりかで、ペットはおいしいビスケットをもらって、ちぎれるようにしっぽをふって、兵隊さんにじゃれていた。

ペットはとてもうれしかった。

やがて、日暮れがた、ジープは、船あそびの兵隊さんをのせて町の方へもどっていった。ペットはジープが見えなくなるまでそのあとを追って、走っていったけれども、とうとう、ジープを見失ってしまってぼんやりしてしまった。ペットは、また、モオリスさんのいない、ポーチにもどらなければならないと思うと、さびしくてさびしくて悲しくなってくる。

いつの間にかまた冬がやってきて、夜分なんか、寒くて、ペットは、ポーチのごみくずのなかで何度となく眼が覚めた。それでもがまんして、ペットは毎日たべものをあさって暮らしていた。時々、ペットに食物をくれる本田さんというお医者さんも東京へいってしまった。寒くなると、疎開者のひとがほとんどいなくなって、別荘地は荒れ果てたまま、まるで無人境みたいにさびしくなっていった。

ペットは、くさった床板のはがれたところからもぐって、板の間へ出て、昔、モオリスさんがよく本を読んでいた部屋へはいって、部屋のすみっこへ、もぐもぐとうずくまって寝るようになった。

ペットもこのごろは年をとって、歯がぬけるようになり、足もともふらふらして、この冬を満足にすごせるような元気さがなくなっていた。

ペットは、なぜ、モオリスさんが自分を捨てていったのか少しもわけがわからない。──思い出はたのしくて、夏の夕方、ポーチの食卓で、ポオタブルにレコードをかけながらおいしい肉片をモオリスさんからほってもらった記憶など、ペットは時々なつかしく思い出すのだった。

モオリスさんの奥さんは、朝は、オートミイルに牛乳をかけて、犬小舎の前においてくれた。その犬小舎も、柏原へ運ばれて、いまはペットの住居《すまい》はここにないのだ。

野尻に雪が来て、湖がうすかわをかぶったように、少しずつ凍っていくと、ペットはさびしさでたえられなくなって、毎晩、湖畔におりては、水に向かってほえたてていた。走ったりほえたりすると、すこしばかりからだが熱くなるから……。

時々、お天気のいい日は、小鳥を追って、それをペットは、モオリスさんの別荘に運んで、ぽりぽりと骨までかじって食べた。捨てられた赤さびた鑵詰の匂いをかぐと、モオリスさんの匂いがしてなつかしかった。

雪が深くなるにつれ、湖畔のぐるりは白いびょうぶをたてかけたように、樹木も家も深い雪に埋もれてしまう。

今日も、夕方からはげしい吹雪で、じっとしていると、ペットはからだじゅうが凍りそうなので、湖畔まで走っていき、凍った氷の上を見て、ヴォウ、ヴォウ、ヴォウとほえたてていた。まわりはすっかりくらくなっているのに、雪はでんぷんをまきちらしたようにすさまじく吹きあれている。

ペットは朝から何も食べてはいなかった。昼ごろ、大久保村まで食物をあさってみたけれども、何もたべものがないので、いつものように野鼠を追ってみたけれど、雪が深いので野鼠も出てはいない。

湖畔に出て、しばらくほえたてていたペットは、急に後ろ脚が痛くなって、がくんと雪の上にへたばってしまった。ペットは熱い牛乳をのみたいと思った。

ことしの冬は、どうして、こんなに人がいないのだろう。たまに、人のいる別荘をさがしてみても、そこの人たちは、ペットを棒で追ったりしてよせつけてはくれない。

ペットは脚を引きずりながら、モオリスさんの別荘へもどってきて、また、床下から、いつものところへもぐっていった。

部屋のなかはまっくらで、時々、こわれたガラス戸をゆすって、吹雪がはげしいいきおいで、部屋のなかへ吹きこんでいる。しばらくすると、ほのかな雪あかりで、暗い部屋のなかがおぼろ気にみえてくる。

ペットは二階へ上がってみた。わらのはみでた広いベッドが窓ぎわにある。ペットは脚を引きずりながら、ベッドの下にもぐりこんでみた。

ペットは時々頭を窓辺に向けて、はげしい吹雪にほえたててみたけれども、窓をたたく雪まじりの風は少しも静まらない。

ペットは泣きたくなるほどさびしかった。

天井から、くもの巣だらけのカーテンのひもがぶらさがっている。ペットはしばらくそのひもをがりがりとかんでいた。

ひもをかんでいるうちに、ペットは気が遠くなっていった。きれいなローソクの灯《ひ》のような五色《ごしき》の光の色が、ペットのはかない眼のさきにちらちらするような気がしてきた。

部屋に吹きこむ吹雪は、いつの間にか、小さい蝶々のような天使の姿になって、ペットのからだのまわりをぐるぐる手をつないでまわりはじめている。ペットはいい気持ちだった。モオリスさんが、大きいパイプをくわえて、ピアノを弾いている姿やペットにジャンプを教えてくれた、かっと照りつける夏の日の思い出が、ペットの頭に浮かんできた。

時々、神様のようなお声で、

「ペット、眠っちゃいけないよ。元気を出して、いまに春が来るまで、もうしばらくのがまんだよ」

といっているようだ。

ペットはうとうといい気持ちになってきた。

春になって、アメリカから、モオリスさんは中尉さんで日本へ来た。近いうち、野尻へいくというたよりが、柏原の荒物屋さんをびっくりさせた。荒物屋のおかみさんは、掃除道具を持って、大きい息子と二人でモオリスさんの別荘へ来てみた。

鍵を開けて二階へ上がってみると、モオリスさんのベッドの下で、ペットがみるかげもなくやせさらばえて死んでいた。別にくさりもしないで、平和な寝姿で横になっていた。

ばけつをさげたおかみさんは、「まア、ペットがこんなところにいるよ」といって泣きだしてしまった。おかみさんは、主人の家を忘れないやさしいペットをみて、ほんとに、すまないことをしたと思った。

畜犬談

―伊馬《いま》鵜平君に与える。

太宰治

　私は、犬に就いては自信がある。いつの日か、必ず喰いつかれるであろうという自信である。私は、きっと噛《か》まれるにちがいない。自信があるのである。よくぞ、きょうまで喰いつかれもせず無事に過して来たものだと不思議な気さえしているのである。諸君、犬は猛獣である。馬を斃《たお》し、たまさかには獅子《しし》と戦ってさえ之《これ》を征服するとかいうではないか。さもありなんと私はひとり淋《さび》しく首肯しているのだ。あの犬の、鋭い牙《きば》を見るがよい。ただものでは無い。いまは、あのように街路で無心のふうを装い、とるに足らぬものの如《ごと》く自ら卑下して、芥箱を覗《のぞ》きまわったりなどして見せているが、もともと馬を斃すほどの猛獣である。いつなんどき、怒り狂い、その本性を曝露するか、わかったものでは無い。犬は必ず鎖に固くしばりつけて置くべきである。少しの油断もあってはならぬ。世の多くの飼い主は、自ら恐ろしき猛獣を養い、之に日々わずかの残飯を与えているという理由だけにて、全くこの猛獣に心をゆるし、エスや、エスやなど、気楽に呼んで、さながら家族の一員の如く身辺に近づかしめ、三歳のわが愛子をして、その猛獣の耳をぐいと引っぱらせて大笑いしている図にいたっては、戦慄、眼を蓋《おお》わざるを得ないのである。不意に、わんと言って喰いついたら、どうする気だろう。気をつけなければならぬ。飼い主でさえ、噛みつかれぬとは保証でき難い猛獣を、（飼い主だから、絶対に喰いつかれぬということは愚かな気のいい迷信に過ぎない。あの恐ろしい牙のある以上、必ず噛む。決して噛まないということは、科学的に証明できる筈は無いのである）その猛獣を、放し飼いにして、往来をうろうろ徘徊《はいかい》させて置くとは、どんなものであろうか。昨年の晩秋、私の友人が、ついに之の被害を受けた。いたましい犠牲者である。友人の話に依《よ》ると、友人は何もせず横丁を懐手《ふところで》してぶらぶら歩いていると、犬が道路上にちゃんと坐っていた。友人は、やはり何もせず、その犬の傍《そば》を通った。犬はその時、いやな横目を使ったという。何事もなく通りすぎた、とたん、わんと言って右の脚に喰いついたという。災難である。一瞬のことである。友人は、呆然《ぼうぜん》自失したという。ややあって、くやし涙が沸いて出た。さもありなん、と私は、やはり淋しく首肯している。そうなってしまったら、ほんとうに、どうしようも、無いではないか。友人は、痛む脚をひきずって病院へ行き手当を受けた。それから二十一日間、病院へ通ったのである。三週間である。脚の傷がなおっても、体内に恐水病というそのやまわしい病気の毒が、あるいは注入されて在るかも知れぬという懸念《けねん》から、その防毒の注射をしてもらわなければならぬのである。飼い主に談判するなど、その友人の弱気を以《もっ》てしては、とてもできぬことである。じっと堪えて、おのれの不運に溜息《ためいき》ついているだけなのである。しかも、注射代など決して安いものでなく、そのような余分の貯えは失礼ながら友人に在る筈もなく、いずれは苦しい算段をしたにちがいないので、とにかく之は、ひどい災難である。大災難である。また、うっかり注射でも怠ろうものなら、恐水病といって、発熱悩乱の苦しみ在って、果ては貌《かお》が犬に似て来て、四つ這《ば》いになり、只《ただ》わんわんと吠ゆるばかりだという、そんな凄惨《せいさん》な病気になるかも知れないということなのである。注射を受けながらの、友人の憂慮、不安は、どんなだったろう。友人は苦労人で、ちゃんとできた人であるから、醜く取り乱すことも無く、三七、二十一日病院に通い、注射を受けて、いまは元気に立ち働いているが、もし之が私だったら、その犬、生かして置かないだろう。私は、人の三倍も四倍も復讐心《ふくしゅうしん》の強い男なのであるから、また、そうなると人の五倍も六倍も残忍性を発揮してしまう男なのであるから、たちどころにその犬の頭蓋骨《ずがいこつ》を、めちゃめちゃに粉砕《ふんさい》し、眼玉をくり抜き、ぐしゃぐしゃに噛んで、べっと吐き捨て、それでも足りずに近所近辺の飼い犬ことごとくを毒殺してしまうであろう。こちらが何もせぬのに、突然わんと言って噛みつくとはなんという無礼、狂暴の仕草《しぐさ》であろう。いかに畜生といえども許しがたい。畜生ふびんの故《ゆえ》を以て、人は之を甘やかしているからいけないのだ。容赦なく酷刑《こっけい》に処すべきである。昨秋、友人の遭難を聞いて、私の畜犬に対する日頃の憎悪は、その極点に達した。青い焔《ほのお》が燃え上るほどの、思いつめたる憎悪である。

ことしの正月、山梨県、甲府のまちはずれに八畳、三畳、一畳という草庵《そうあん》を借り、こっそり隠れるように住み込み、下手な小説あくせく書きすすめていたのであるが、この甲府のまち、どこへ行っても犬がいる。おびただしいのである。往来に、或いは佇《たたず》み、或いはながながと寝そべり、或いは疾駆《しっく》し、或いは牙を光らせて吠え立て、ちょっとした空地でもあると必ずそこは野犬の巣の如く、組んづほぐれつ格闘の稽古にふけり、夜など無人の街路を風の如く野盗の如く、ぞろぞろ大群をなして縦横に駈け廻っている。甲府の家毎、家毎、少くとも二匹くらいずつ養っているのではないかと思われるほどに、おびただしい数である。山梨県は、もともと甲斐犬《かいけん》の産地として知られている様であるが、街頭で見かける犬の姿は、決してそんな純血種のものではない。赤いムク犬が最も多い。採るところ無きあさはかな駄犬《だけん》ばかりである。もとより私は畜犬に対しては含むところがあり、また友人の遭難以来一そう嫌悪の念を増し、警戒おさおさ怠るものではなかったのであるが、こんなに犬がうようよいて、どこの横丁にでも跳梁《ちょうりょう》し、或いはとぐろを巻いて悠然と寝ているのでは、とても用心し切れるものでなかった。私は実に苦心をした。できることなら、すね当、こて当、かぶとをかぶって街を歩きたく思ったのである。けれども、そのような姿は、いかにも異様であり、風紀上からいっても、決して許されるものでは無いのだから、私は別の手段をとらなければならぬ。私は、まじめに、真剣に、対策を考えた。私は、まず犬の心理を研究した。人間に就いては、私もいささか心得があり、たまには的確に、あやまたず指定できたことなどもあったのであるが、犬の心理は、なかなかむずかしい。人の言葉が、犬と人との感情交流にどれだけ役立つものか、それが第一の難問である。言葉が役に立たぬとすれば、お互いの素振り、表情を読み取るより他に無い。しっぽの動きなどは、重大である。けれども、この、しっぽの動きも、注意して見ていると仲々に複雑で、容易に読み切れるものでは無い。私は、ほとんど絶望した。そうして、甚だ拙劣《せつれつ》な、無能きわまる一法を案出した。あわれな窮余の一策である。私は、とにかく、犬に出逢うと、満面に微笑を湛《たた》えて、いささかも害心のないことを示すことにした。夜は、その微笑が見えないかも知れないから、無邪気に童謡を口ずさみ、やさしい人間であることを知らせようと努めた。之等は、多少、効果があったような気がする。犬は私には、いまだ飛びかかって来ない。けれどもあくまで油断は禁物である。犬の傍を通る時は、どんなに恐ろしくても、絶対に走ってはならぬ。にこにこ卑しい追従笑《ついしょうわら》いを浮べて、無心そうに首を振り、ゆっくりゆっくり、内心、背中に毛虫が十匹這っているような窒息せんばかりの悪寒にやられながらも、ゆっくりゆっくり通るのである。つくづく自身の卑屈がいやになる。泣きたいほどの自己嫌悪を覚えるのであるが、これを行わないと、たちまち噛みつかれるような気がして、私は、あらゆる犬にあわれな挨拶を試みる。髪をあまりに長く伸していると、或いはウロンの者として吠えられるかも知れないから、あれほどいやだった床屋へも精出して行くことにした。ステッキなど持って歩くと、犬のほうで威嚇の武器と感ちがいして、反抗心を起すようなことがあってはならぬから、ステッキは永遠に廃棄することにした。犬の心理を計りかねて、ただ行き当りばったり、無闇矢鱈《むやみやたら》に御機嫌とっているうちに、ここに意外の現象が現われた。私は、犬に好かれてしまったのである。尾を振って、ぞろぞろ後について来る。私は、地団駄踏んだ。実に皮肉である。かねがね私の、こころよからず思い、また最近にいたっては憎悪の極点にまで達している、その当の畜犬に好かれるくらいならば、いっそ私は駱駝《らくだ》に慕われたいほどである。どんな悪女にでも、好かれて気持の悪い筈はない、というのはそれは浅薄の想定である。プライドが、虫が、どうしてもそれを許容できない場合がある。堪忍《かんにん》ならぬのである。私は、犬をきらいなのである。早くからその狂暴の猛獣性を看破し、こころよからず思っているのである。たかだか日に一度や二度の残飯の投与にあずからんが為に、友を売り、妻を離別し、おのれの身ひとつ、その家の軒下に横たえ、忠義顔して、かつての友に吠え、兄弟、父母をも、けろりと忘却し、ただひたすらに飼主の顔色を伺い、阿諛追従《あゆついしょう》てんとして恥じず、ぶたれても、きゃんと言い尻尾まいて閉口して見せて家人を笑わせ、その精神の卑劣、醜怪、犬畜生とは、よくも言った。日に十里を楽々と走破し得る健脚を有し、獅子をも斃《たお》す白光鋭利の牙を持ちながら、懶惰《らんだ》無頼《ぶらい》の腐り果てたいやしい根性をはばからず発揮し、一片の矜持《きょうじ》無く、てもなく人間界に屈服し、隷属《れいぞく》し、同族互いに敵視して、顔つき合せると吠え合い、嚙み合い、もって人間の御機嫌を取り結ぼうと努めている。雀を見よ。何ひとつ武器を持たぬ繊弱の小禽《しょうきん》ながら、自由を確保し、人間界とは全く別個の小社会を営み、同類相親しみ、欣然《きんぜん》日々の貧しい生活を歌い楽しんでいるではないか。思えば、思うほど、犬は不潔だ。犬はいやだ。なんだか自分に似ているところさえあるような気がして、いよいよ、いやだ。たまらないのである。その犬が、私を特に好んで、尾を振って親愛の情を表明して来るに及んでは、狼狽《ろうばい》とも、無念とも、なんとも、言いようがない。あまりに犬の猛獣性を畏敬し、買いかぶり、節度もなく媚笑《びしょう》を撒《ま》きちらして歩いたゆえ、犬は、かえって知己を得たものと誤解し、私を組し易しと見てとって、このような情ない結果に立ちいたったのであろうが、何事によらず、ものには節度が大切である。私は、未だに、どうも、節度を知らぬ。

早春のこと。夕食の少しまえに、私はすぐ近くの四十九聯隊の練兵場へ散歩に出て、二、三の犬が私のあとについて来て、いまにも踵《かかと》をがぶりとやられはせぬかと生きた気もせず、けれども毎度のことであり、観念して無心平静を装い、ぱっと脱兎《だっと》の如く走り逃げたい衝動を懸命に抑え抑え、ぶらりぶらり歩いた。犬は私について来ながら、途々《みちみち》お互いに喧嘩などはじめて、私は、わざと振りかえって見もせず、知らぬふりして歩いているのだが、内心、実に閉口であった。ピストルでもあったなら、躊躇《ちゅうちょ》せずドカンドカンと射殺してしまいたい気持であった。犬は、私にそのような、外面如菩薩《げめんにょぼさつ》、内心如夜叉《ないしんにょやしゃ》的の奸佞《かんねい》の害心があるとも知らず、どこまでもついて来る。練兵場をぐるりと一廻りして、私はやはり犬に慕われながら帰途についた。家へ帰りつくまでには、背後の犬もどこかへ雲散霧消《うんさんむしょう》しているのが、これまでの、しきたりであったのだが、その日に限って、ひどく執拗《しつよう》で馴れ馴れしいのが一匹いた。真黒の、見るかげもない小犬である。ずいぶん小さい。胴の長さ五寸の感じである。けれども、小さいからと言って油断はできない。歯は、既にちゃんと生えそろっている筈である。嚙まれたら病院に三、七、二十一日間通わなければならぬ。それにこのような幼少なものには常識がないから、したがって気まぐれである。一そう用心をしなければならぬ。小犬は後になり、さきになり、私の顔を振り仰ぎ、よたよた走って、とうとう私の家の玄関まで、ついて来た。

「おい。へんなものが、ついて来たよ」

「おや、可愛い」

「可愛いもんか。追っ払って呉れ。手荒くすると喰いつくぜ。お菓子でもやって」

れいの私の軟弱外交である。小犬は、たちまち私の内心畏怖の情を見抜き、それにつけ込み、図々しくもそれから、ずるずる私の家に住みこんでしまった。そうしてこの犬は、三月、四月、五月、六、七、八、そろそろ秋風吹きはじめて来た現在にいたるまで、私の家に居るのである。私は、この犬には、幾度泣かされたかわからない。どうにも始末ができないのである。私は仕方なく、この犬を、ポチなどと呼んでいるのであるが、半年も共に住んでいながら、いまだに私は、このポチを、一家のものとは思えない。他人の気がするのである。しっくり行かない。不和である。お互い心理の読み合いに火花を散らして戦っている。そうしてお互い、どうしても釈然と笑い合うことができないのである。

はじめこの家にやって来たころは、まだ子供で、地べたの蟻を不審そうに観察したり、蝦蟇《がま》を恐れて悲鳴を挙げたり、その様には私も思わず失笑することがあって、憎いやつであるが、これも神様の御心に依ってこの家へ迷い込んで来ることになったのかも知れぬと、縁の下に寝床を作ってやったし、食い物も乳幼児むきに軟かく煮て与えてやったし、蚤取粉《のみとりこ》などからだに振りかけてやったものだ。けれども、ひとつき経つと、もういけない。そろそろ駄犬の本領を発揮して来た。いやしい。もともと、この犬は練兵場の隅に捨てられて在ったものにちがいない。私のあの散歩の帰途、私にまつわりつくようにしてついて来て、その時は、見るかげも無く痩せこけて、毛も抜けていてお尻の部分は、ほとんど全部禿げていた。私だからこそ、之に菓子を与え、おかゆを作り、荒い言葉一つ掛けるではなし、腫れものにさわるように鄭重《ていちょう》にもてなして上げたのだ。他の人だったら、足蹴《あしげ》にして追い散らしてしまったにちがいない。私のそんな親切なもてなしも、内実は、犬に対する愛情からではなく、犬に対する先天的な憎悪と恐怖から発した老獪《ろうかい》な駈け引きに過ぎないのであるが、けれども私のおかげで、このポチは、毛並もととのい、どうやら一人まえの男の犬に成長することを得たのではないか。私は恩を売る気はもうとう無いけれども、少しは私たちにも何か楽しみを与えてくれてもよさそうに思われるのであるが、やはり捨犬は駄目なものである。大めし食《くら》って、食後の運動のつもりであろうか、下駄をおもちゃにして無残に噛み破り、庭に干して在る洗濯物を要らぬ世話して引きずりおろし、泥まみれにする。

「こういう冗談はしないでおくれ。実に、困るのだ。誰が君に、こんなことをしてくれとたのみましたか？」と、私は、内に針を含んだ言葉を、精一ぱい優しく、いや味をきかせて言ってやることもあるのだが、犬は、きょろりと眼を動かし、いや味を言い聞かせている当の私にじゃれかかる。なんという甘ったれた精神であろう。私はこの犬の鉄面皮《てつめんぴ》には、ひそかに呆れ、之を軽蔑さえしたのである。長ずるに及んで、いよいよこの犬の無能が曝露された。だいいち、形がよくない。幼少のころには、も少し形の均斉もとれていて、或いは優れた血が雑《まじ》っているのかも知れぬと思わせるところ在ったのであるが、それは真赤ないつわりであった。胴だけが、にょきにょき長く伸びて、手足がいちじるしく短い。亀のようである。見られたものでなかった。そのような醜い形をして、私が外出すれば必ず影の如くちゃんと私につき従い、少年少女までが、やあ、へんてこな犬じゃと指さして笑うこともあり、多少見栄坊の私は、いくら澄まして歩いても、なんにもならなくなるのである。いっそ他人のふりをしようと足早に歩いてみても、ポチは私の傍を離れず、私の顔を振り仰ぎ振り仰ぎ、あとになり、さきになり、からみつくようにしてついて来るのだから、どうしたって二人は他人のようには見えまい。気心の合った主従としか見えまい。おかげで私は外出のたびごとに、ずいぶん暗い憂鬱な気持にさせられた。いい修行になったのである。ただ、そうして、ついて歩いていたころは、まだよかった。そのうちにいよいよ隠して在った猛獣の本性を曝露して来た。喧嘩格闘を好むようになったのである。私のお伴をして、まちを歩いて行き逢う犬、行き逢う犬、すべてに挨拶して通るのである。つまり、かたっぱしから喧嘩して通るのである。ポチは足も短く、若年でありながら、喧嘩は相当強いようである。空地の犬の巣に踏みこんで、一時に五匹の犬を相手に戦ったときは流石に危く見えたが、それでも巧みに身をかわして難を避けた。非常な自信を以て、どんな犬にでも飛びかかって行く。たまには勢負《いきおいま》けして、吠えながらじりじり退却することもある。声が悲鳴に近くなり、真黒い顔が蒼黒くなって来る。いちど小牛のようなシェパアドに飛びかかっていって、あのときは、私が蒼くなった。果して、ひとたまりも無かった。前足でころころポチをおもちゃにして、本気につき合ってくれなかったのでポチも命が助かった。犬は、いちどあんなひどいめに逢うと、大へん意気地がなくなるものらしい。ポチは、それからは眼に見えて、喧嘩を避けるようになった。それに私は、喧嘩を好まず、否、好まぬどころではない、往来で野獣の組打ちを放置し許容しているなどは、文明国の恥辱と信じているので、かの耳を聾《ろう》せんばかりのけんけんごうごう、きゃんきゃんの犬の野蛮のわめき声には、殺してもなおあき足らない憤怒と憎悪を感じているのである。私はポチを愛してはいない。恐れ、憎んでこそいるが、みじんも愛しては、いない。死んで呉れたらいいと思っている。私にのこのこついて来て、何かそれが飼われているものの義務とでも思っているのか、途《みち》で逢う犬、逢う犬、必ず凄惨に吠え合って、主人としての私は、そのときどんなに恐怖にわななき震えていることか。自動車呼びとめて、それに乗ってドアをばたんと閉じ、一目散に逃げ去りたい気持なのである。犬同士の組打ちで終るべきものなら、まだしも、もし敵の犬が血迷って、ポチの主人の私に飛びかかって来るようなことがあったら、どうする。ないとは言わせぬ。血に飢えたる猛獣である。何をするか、わかったものでない。私はむごたらしく嚙み裂かれ、三七、二十一日間病院に通わなければならぬ。犬の喧嘩は、地獄である。私は、機会あるごとにポチに言い聞かせた。

「喧嘩しては、いけないよ。喧嘩をするなら、僕からはるか離れたところで、してもらいたい。僕は、おまえを好いてはいないんだ」

少し、ポチにもわかるらしいのである。そう言われると多少しょげる。いよいよ私は犬を、薄気味わるいものに思った。その私の繰り返し繰り返し言った忠告が効を奏したのか、あるいは、かのシェパアドとの一戦にぶざまな惨敗《ざんぱい》を喫《きつ》したせいか、ポチは、卑屈なほど柔弱《にゅうじゃく》な態度をとりはじめた。私と一緒に路を歩いて、他の犬がポチに吠えかけると、ポチは、

「ああ、いやだ、いやだ。野蛮ですねえ」

と言わんばかり、ひたすら私の気に入られようと上品ぶって、ぶるっと胴震いさせたり、相手の犬を、仕方のないやつだね、とさもさも憐れむように流し目で見て、そうして、私

の顔色を伺い、へっへっへっと卑しい追従笑《ついしょう》いするかの如く、その様子のいやらしいったら無かった。

「一つも、いいところないじゃないか、こいつは。ひとの顔色ばかり伺っていやがる」

「あなたが、あまり、へんにかまうからですよ」家内は、はじめからポチに無関心であった。洗濯物など汚されたときはぶつぶつ言うが、あとはけろりとして、ポチポチと呼んで、めしを食わせたりなどしている。「性格が破産しちゃったんじゃないかしら」と笑っている。

「飼い主に、似て来たというわけかね」私は、いよいよ、にがにがしく思った。

七月にはいって、異変が起った。私たちは、やっと、東京の三鷹村《みたかむら》に、建築最中の小さい家を見つけることができて、それの完成し次第、一カ月二十四円で貸してもらえるように、家主と契約の証書交して、そろそろ移転の仕度をはじめた。家ができ上ると、家主から速達で通知が来ることになっていたのである。ポチは、勿論、捨てて行かれることになっていたのである。

「連れて行ったって、いいのに」家内は、やはりポチをあまり問題にしていない。どちらでもいいのである。

「だめだ。僕は、可愛いから養っているんじゃないんだよ。犬に復讐されるのが、こわいから、仕方なくそっとして置いてやっているのだ。わからんかね」

「でも、ちょっとポチが見えなくなると、ポチはどこへ行ったろう、どこへ行ったろうと大騒ぎじゃないの」

「いなくなると、一そう薄気味が悪いからさ。僕に隠れて、ひそかに同志を糾合《きゅうごう》しているのかもわからない。あいつは、僕に軽蔑されていることを知っているんだ。復讐心が強いそうだからなあ、犬は」

いまこそ絶好の機会であると思っていた。この犬をこのまま忘れたふりして、ここへ置いて、さっさと汽車に乗って東京へ行ってしまえば、まさか犬も、笹子峠《ささごとうげ》を越えて三鷹村まで追いかけて来ることはなかろう。私たちは、ポチを捨てたのではない。全くうっかりして連れて行くことを忘れたのである。罪にはならない。またポチに恨まれる筋合も無い。復讐されるわけはない。

「大丈夫だろうね。置いていっても、飢え死するようなことはないだろうね。死霊の祟《たた》りということもあるからね」

「もともと、捨犬だったんですもの」家内も、少し不安になった様子である。

「そうだね。飢え死することはないだろう。なんとか、うまくやって行くだろう。あんな犬、東京へ連れて行ったんじゃ、僕は友人に対して恥かしいんだ。胴が長すぎる。みっともないねえ」

ポチは、やはり置いて行かれることに、確定した。すると、ここに異変が起った。ポチが、皮膚病にやられちゃった。これが、またひどいのである。さすがに形容をはばかるが、惨状《さんじょう》、眼をそむけしむるものがあったのである。折からの炎熱と共に、ただならぬ悪臭を放つようになった。こんどは家内が、まいってしまった。

「ご近所にわるいわ。殺して下さい」女は、こうなると男よりも冷酷で、度胸がいい。

「殺すのか?」私は、ぎょっとした。「も少しの我慢じゃないか」

私たちは、三鷹の家主からの速達を一心に待っていた。七月末には、できるでしょうという家主の言葉であったのだが、七月もそろそろおしまいになりかけて、きょうか明日かと、引越しの荷物もまとめてしまって待機していたのであったが、仲々、通知が来ないのである。問い合せの手紙を出したりなどしている時に、ポチの皮膚病がはじまったのである。見れば、見るほど、酸鼻《さんび》の極である。ポチも、いまは流石に、おのれの醜い姿を恥じている様子で、とかく暗闇の場所を好むようになり、たまに玄関の日当りのいい敷石の上で、ぐったり寝そべっていることがあっても、私が、それを見つけて、

「わあ、ひでえなあ」と罵倒《ばとう》すると、いそいで立ち上って首を垂れ、閉口したようにこそこそ縁の下にもぐり込んでしまうのである。

それでも私が外出するときには、どこからともなく足音忍ばせて出て来て、私について

来ようとする。こんな化け物みたいなものに、ついて来られて、たまるものか、とその都度、私は、だまってポチを見つめてやる。あざけりの笑いを口角にまざまざと浮べて、なんぼでも、ポチを見つめてやる。これは大へん、ききめがあった。ポチは、おのれの醜い姿にハッと思い当る様子で、首を垂れ、しおしおどこかへ姿を隠す。

「とっても、我慢ができないの。私まで、むず痒《がゆ》くなって」家内は、ときどき私に相談する。「なるべく見ないように努めているんだけれど、いちど見ちゃったら、もう駄目ね。夢の中にまで出て来るんだもの」

「まあ、もうすこしの我慢だ」がまんするより他はないと思った。たとえ病んでいるとはいっても、相手は一種の猛獣である。下手に触ったら噛みつかれる。「明日にでも、三鷹から、返事が来るだろう。引越してしまったら、それっきりじゃないか」

三鷹の家主から返事が来た。読んで、がっかりした。雨が降りつづいて壁が乾かず、また人手も不足で、完成までには、もう十日くらいかかる見込み、というのであった。うんざりした。ポチから逃《のが》れるためだけでも、早く、引越してしまいたかったのだ。私は、へんな焦躁感で、仕事も手につかず、雑誌を読んだり、酒を呑んだりした。ポチの皮膚病は一日一日ひどくなっていって、私の皮膚も、なんだか、しきりに痒くなって来た。深夜、戸外でポチが、ばたばたばた痒さに身悶えしている物音に、幾度ぞっとさせられたかわからない。たまらない気がした。いっそ、ひと思いにと、狂暴な発作に駆《か》られることも、しばしばあった。家主からは、更に二十日待て、と手紙が来て、私のごちゃごちゃの忿懣《ふんまん》が、たちまち手近のポチに結びついて、こいつ在るがために、このように諸事円滑《えんかつ》にすすまないのだ、と何もかも悪いことは皆、ポチのせいみたいに考えられ、奇妙にポチを呪咀《じゅそ》し、或る夜、私の寝巻に犬の蚤《のみ》が伝播《でんぱ》されて在ることを発見するに及んで、ついにそれまで堪えに堪えて来た怒りが爆発し、私は、ひそかに重大の決意をした。

殺そうと思ったのである。相手は恐るべき猛獣である。常の私だったら、こんな乱暴な決意は、逆立ちしたって為し得なかったところのものなのであったが、盆地特有の酷暑《こくしょ》で、少しへんになっていた矢先であったし、また、毎日、何もせず、ただぽかんと家主からの速達を待っていて、死ぬほど退屈な日々を送って、むしゃくしゃいらいら、おまけに不眠も手伝って発狂状態であったのだから、たまらない。その犬の蚤を発見した夜、ただちに家内をして牛肉の大片を買いに走らせ、私は、薬屋に行き或る種の薬品を少量、買い求めた。これで用意はできた。家内は少からず興奮していた。私たち鬼夫婦は、その夜、鳩首《きゅうしゅ》して小声で相談した。

翌《あく》る朝、四時に私は起きた。目覚時計を掛けて置いたのであるが、それの鳴り出さぬうちに、眼が覚めてしまった。しらじらと明けていた。肌寒いほどであった。私は竹の皮包をさげて外へ出た。

「おしまいまで見ていないですぐお帰りになるといいわ」家内は玄関の式台に立って見送りり、落ち付いていた。

「心得ている。ポチ、来い！」

　ポチは尾を振って縁の下から出て来た。

「来い、来い！」私は、さっさと歩き出した。きょうは、あんな、意地悪くポチの姿を見つめるようなことはしないので、ポチも自身の醜さを忘れて、いそいそ私について来た。霧が深い。まちはひっそり眠っている。私は、練兵場へいそいだ。途中、おそろしく大きい赤毛の犬が、ポチに向って猛烈に吠えたてた。ポチは、れいに依って上品ぶった態度を示し、何を騒いでいるのかね、とでも言いたげな蔑視《べっし》をちらとその赤毛の犬にくれただけで、さっさとその面前を通過した。赤毛は、卑劣《ひれつ》である。無法にもポチの背後から、風の如く襲いかかり、ポチの寒しげな睾丸《こうがん》をねらった。ポチは、咄嗟《とっさ》にくるりと向き直ったが、ちょっと躊躇《ちゅうちょ》し、私の顔色をそっと伺った。

「やれ！」私は大声で命令した。「赤毛は卑怯だ！　思う存分やれ！」

　ゆるしが出たのでポチは、ぶるんと一つ大きく胴震いして、弾丸の如く赤犬のふところに飛び込んだ。たちまち、けんけんごうごう、二匹は一つの手毬《てまり》みたいになって、格闘した。赤毛は、ポチの倍ほども大きい図体《ずうたい》をしていたが、だめであった。ほどなく、きゃんきゃん悲鳴を挙げて敗退した。おまけにポチの皮膚病までうつされたかもわからない。ばかなやつだ。

喧嘩が終って、私は、ほっとした。文字どおり手に汗して眺めていたのである。一時は、二匹の犬の格闘に巻きこまれて、私も共に死ぬるような気さえしていた。おれは嚙み殺されたっていいんだ。ポチよ、思う存分、喧嘩をしろ！　と異様に力んでいたのであった。ポチは、逃げて行く赤毛を少し追いかけ、立ちどまって、私の顔色をちらと伺い、急にしょげて、首を垂れすごすご私のほうへ引返して来た。

「よし！　強いぞ」ほめてやって私は歩き出し、橋をかたかた渡って、ここはもう練兵場である。

むかしポチは、この練兵場に捨てられた。だからいま、また、この練兵場へ帰って来たのだ。おまえのふるさとで死ぬがよい。

私は立ちどまり、ぽとりと牛肉の大片を私の足もとへ落して、

「ポチ、食え」私は、ポチを見たくなかった。ぼんやりそこに立ったまま、「ポチ、食え」足もとで、ぺちゃぺちゃ食べている音がする。一分《いっぷん》たたぬうちに死ぬ筈だ。

私は猫背《ねこぜ》になって、のろのろ歩いた。霧が深い。ほんのちかくの山が、ぼんやり黒く見

えるだけだ。南アルプス連峯も、富士山も、何も見えない。朝露で、下駄がびしょぬれである。私は一そうひどい猫背になって、のろのろ帰途についた。橋を渡り、中学校のまえまで来て、振り向くとポチが、ちゃんといた。面目無げに、首を垂れ、私の視線をそっとそらした。

私も、もう大人である。いたずらな感傷は無かった。すぐ事態を察知した。薬品が効かなかったのだ。うなずいて、もうすでに私は、白紙還元である。家へ帰って、

「だめだよ。薬が効かないのだ。ゆるしてやろうよ。あいつには、罪が無かったんだぜ。芸術家は、もともと弱い者の味方だった筈なんだ」私は、途中で考えて来たことをそのまま言ってみた。「弱者の友なんだ。芸術家にとって、これが出発で、また最高の目的なんだ。こんな単純なこと、僕は忘れていた。僕だけじゃない。みんなが、忘れているんだ。僕は、ポチを東京へ連れて行こうと思うよ。友達がもしポチの恰好《かっこう》を笑ったら、ぶん殴《なぐ》ってやる。卵あるかい？」

「ええ」家内は、浮かぬ顔をしていた。

「ポチにやれ。二つ在るなら、二つやれ。おまえも我慢しろ。皮膚病なんてのは、すぐなおるよ」

「ええ」家内は、やはり浮かぬ顔をしていた。

犬のはじまり

宮本百合子

私がやっと五つか六つの頃、林町の家にしろと云う一匹の犬が居た覚えがある。名が示す通り白い犬であったのだろうが、私のぼんやり記憶にのこって居る印象では、いつも体じゅうが薄ぐろくよごれて居たようだ。洗って毛なみを揃えてやる者などは勿論なかったに違いない。日露戦争前の何処となく気の荒い時代であったから、犬などを洗ったり何かして手入れするものだなどと思いもしない者の方が大多数をしめて居たのかもしれない。

薄きたない白が、尾を垂れ、歩くにつれて首を揺り乍ら、裏のすきだらけの枸橘《からたち》の生垣の穴を出入りした姿が今も遠い思い出の奥にかすんで見える。

白、白と呼んでは居たが、深い愛情から飼われたのではなかった。父の洋行留守、夜番がわりにと母が家で食事を与えて居たと云うに過ぎなかったのではなかろうか。その頃の千駄木林町と云えば、まことに寂しい都市の外廓であった。

表通りと云っても、家よりは空地の方が多く、団子坂を登り切って右に曲り暫く行くと忽ち須藤の邸の杉林が、こんもり茂って蒼々として居た。間に小さく故工学博士渡辺　渡邸を挟んで、田端に降る小路越しは、すぐ又松平誰かの何万坪かある廃園になって居た。家の側もすぐ隣は相当な植木屋つづきの有様であった。裏は、人力車一台やっと通る細道が曲りくねって、真田男爵のこわい竹藪、藤堂伯爵の樫の木森が、昼間でも私に後を振返り振返りかけ出させた。

袋地所で、表は狭く却って裏で間口の広い家であったから、勝ち気な母も不気味がったのは無理のない事だ。又実際、あの頃は近所によく泥棒が入った。私の知って居る丈でも二つ位の話がある。けれども、其等の事件のあったのは、白の居る頃だったろうか、或は死んでからのことであったろうか。

動物に親しみやすい子供の生活に、これぞと云う楽しい追想も遺して行かなかったことを見ると、白は、当時の私共の生活のように寂しい栄えないものであったと思われる。健康な、子供とふざけて芝生にころがり廻る幸福な飼犬と云うよりは、寧ろ、主人の永い留守、荒れ生垣の穴から、腰を落して這入る憐れな生物と云う方が適当であったらしい。

犬殺しが来た。荷車を引いて、棍棒を持って犬殺しが来た、と、私共同胞三人は、ぞっとして家の中に逃げ込んだものだ。

白が死んだのは犬殺しに殺されたのか、病気であったのか。今だに判らない。きいて見ても母さえ忘れて居る。どうして連れて来られたのか知らないしろは、又、どうしたのかわからない原因で、死んだこと丈確に私共の生活から消え去って仕舞ったのであった。

それから何年も経った。

父は英国から帰って来た。

弟達と妹とが殖えた。近所の様子も変化した。

一九二四年の今日（二月）、林町界隈であの時代のままあるのは、僅に藤堂家の森だけとなった。古い桜樹と幾年か手を入れられたことなく茂りに繁った下生えの灌木、雑草が、かたばかりの枸橘《からたち》の生垣から見渡せた懐しいコローの絵のような松平家の廃園は、丸善のインク工場の墟置場に、裏手の一区画を貸与したことから、一九二三年九月一日の関東大震災後、最も殺風景なトタン塀を七八尺にめぐらし、何処か焼け出され金持の住宅敷地とされてしまった。

株で儲けたと云う須藤が、彼方此方の土地開放の流行の真意を最も生産的に理解しない筈はない。恐らく徳川幕府の時代から、駒込村の一廓で、代々夏の夜をなき明したに違いない夥しい馬追いも、もうあの杉の梢をこぼれる露はすえない事になった。

種々の変遷の間、昔の裏の苺畑の話につれ、白と云う名は時々私共の口に上った。けれども、以来犬と云うものは嘗て飼われなかった。母は性来余り動物好きではなかったし、父は、全然無頓着な方であった。後年、鴨、鳩、鶏がかなり大仕掛けに飼養された前後にも、猫と犬とは、私共の家庭に、一種の侵入者としての関係しか持たなかった。

私は、猫の美と性格のある面白さを認めはするが、好きになれない。子供のうちからこれは変らない傾向の一つである。

猫の、いやに軟い跫音のない動作と、ニャーと小鼻に皺をよせるように赤い口を開いて鳴きよる様子が、陰性で、ぞっとするのである。

飼うのなら犬が慾しいと思ったのは、もう余程以前からのことだ。結婚後、散歩の道づれに困ることを知ってその心持は倍した。然し、貧学者の生活で住む家は小さいから、到底純種の犬を、品よく飼うことなどは出来ない。切角飼うのに犬にも不自由をさせ、此方も苦労を増すのは詰らないと、本郷に居た時は勿論、青山に移ってからも、半ば断念して居た。時々新聞でよい番犬の広告を見たり、犬好きの従弟の話をきいたりすると、それでも種々の空想が湧いた。一匹欲しいと思う。自分が飼ったら、注意深く放任して、決していやにこまちゃくれた芸は仕込むまいと云う私の持論を喋ることもあった。人間が人間らしくないのは辛いように、犬も犬でなくなるのは悲しかろう。私は、下町の心に自然な暢やかさがない者達が、いじらしい程怜悧な犬をつかまえて、ちんちんしろだの、おあずけだの、おまわりだのさせて居るのを見ると、まるで心持がわるい。主人と犬との間にひとりでに生じる感情の疎通で、いつとなく互に要求が解るだけでよい。故意と仕込むのは、植木に盆栽と云う変種を作って悦ぶ人間のわるい小細工としか思われない。世にも胸のわるいのは、欧州婦人がおもちゃにする、小さな、ひよわい、骸骨に手入れの届いた鞣皮《なめし》を張りつけたような Pocket dog 或は Sleeve dog だ。私は、悠々した、相当大きい、誠実で熱烈なところのある毛の厚い犬を好む。Breed をやかましくは考えない。ありふれた、そして犬らしい犬が欲しいのであった。

ところが今日、思いがけないことが起った。午後三時頃、私は一仕事しまって、おそい昼食を独りでとって居た。玄関の格子が開く音がした。そして、良人が帰って来たらしい。出迎えた女中が、

「まあ、旦那様」

と、驚きの声をあげ、やがて笑い乍ら、

「何でございましょう！」

と云う声がする。

私は、サビエットを卓子の上になげ出して玄関に出て見た。私も、其処のたたきにあるものを一目見ると、我知らず
「まあ、どうなすったの？」

と云った。

其処には、実に丸々と肥えた、羊のような厚い白の捲毛を持った一匹の子犬が這って居るではないか。

仔犬は、鳴きもせず、怯えた風もなく、まるで綿細工のようにすっぽり白い尾を、チぎれそうに振り廻して、彼の外套の裾に戯れて居る。

私は、庭下駄を突かけてたたきに降りた。そして
「パッピー、パッピー」

と手を出すと、黒いぬれた鼻をこすりつけて、一層盛に尾を振る。

「野良犬ではないらしいわね。どうなすったの？」

「つい其処に居たんだ。通る人だれの足許にでもついてゆきそうにして居た。ね、パプシー」

「いきなりつれていらしったの？」

「いいや、暫く話をして居た。Here, Here, Puppy, give me your hand, give me your hand. なるたけ英語で喋った方がいい。」

見ると、稍々《やや》灰色を帯びた二つの瞳は大して美麗ではないが、いかにもむくむくした体つきが何とも云えず愛らしい。頭、耳がやはり波を打ったチョコレート色の毛で被われ、鼻柱にかけて、白とぶちになって居る。今に大きくなり、性質も悠暢として居そうなのは、わるく怯えないのでもわかる。

私は

「置いてね、置いて頂戴ね」

とせびり出した。

「裏の方で遊ばせましょうよ。ね、首輪がついて居ないから正式に何処の飼犬でもなかったのよ。ね、丁度みかん箱も一つあるから。」

良人は、

「どれ」

と仔犬を抱きあげ、北向の三坪ばかりの空地につれて行った。私も後をついて出た。

地面におろすと、仔犬は珍しいところに出たので、熱心に彼方此方を駆け廻った。

小さいつつじの蔭をぬけたり、つわぶきの枯れ葉にじゃれついたり、活潑な男の子のように、白い体をくるくる敏捷にころがして春先の庭を駆け廻る。

私は、久しぶりで、三つ四つの幼児を見るように楽しい、暖い、微笑ましい心持になって来た。子供の居ない家に欠けて居た旺盛な活動慾、清らかな悪戯、叱り乍ら笑わずに居られない無邪気な愛嬌が、いきなり拾われて来た一匹の仔犬によって、四辺一杯にふりまかれたのだ。

私は少しぬかる泥もいとわず、彼方にかけ、此方に走りして仔犬を遊ばせた。馴れて裾にじゃれつき、足にとびかかる。太く短い足の形の可愛さ。ぶつかって来る弾力のある重い体。ふざけて嚙みつく擽ったさ迄、私には新鮮な、涙の出るような愉快だ。

良人は縁側に出、いつの間にか
「マーク、マーク」

と云う名をつけて仔犬を呼んだ。

マーク。アントニーを思い出し私は微笑した。夏目先生のところであったかヘクターと云う名の犬が居たのは。——

此仔犬は、アントニーと云う貴族的な、一寸得意気な名などをつけられるような顔はして居ない。マークはよい。少し田舎めくが素朴な故意《わざ》とらしくないところが。

新来のマークは、仔犬に共通のやかましいクンクン泣きを、兎に角昼間は余りしなかった。母犬には前から離れて居たのだろう。

私共は、彼の為に（雄犬であった。）みかん箱の寝所を拵え、フランネルのくすんだ水色で背被いも作ってやった。

彼は、今玄関の隅で眠り、時々太い滑稽な鼾を立てて居る。

女中が犬ぎらいなので少し私共は気がねだ。又、子のない夫婦らしい偏愛を示すかと、自ら面栄ゆい感もある。

今夜、どうか、ひどく泣かないでくれるとよいと皆が希って居る。

犬と人形

夢野久作

東京では今度大地震と大火事がありましてたくさんのひとが死にました。死ななかったひともおうちやきものやたべものがなくなって大変に困りました。

太郎さんと花子さんは、お父様とお母様に手を引かれて東京の近所のばあやの処へ逃げて来ました。二人は久し振りに親切なばあやのお話をきいてよろこんでおとなしくねむりました。

ところが夜中になると太郎さんはねむったまま大きな声を出して、

「ポチ、ポチ」

とよびました。すると花子さんもねむったままで、

「メリーさん、メリーさん」

と呼びました。そうしてまたスヤスヤとねむりました。お父様とお母様とは顔を見合わせて、

「犬とお人形の夢を見ているのですよ」

「どちらも焼けてしまっただろう。可哀そうに……」

と言われました。

あくる朝、太郎さんと花子さんは二人揃ってお父様とお母様の前へ出て、

「どうぞも一ペン東京に連れて行って下さい。あたしたちは昨夜《ゆうべ》二人共同じ夢をみました。ポチもメリーちゃんも焼けずにいて、早くお迎えに来て頂戴っておまねきをしていましたから」

と言いました。お父さんもお母さんも大層お笑いになって、

「そんな事はない。犬は逃げたかも知れないが、人形は押入れに仕舞ってあったのだから、きっと焼けてしまったに違いない。もうしかたがないから二人ともおとなしく遊ぶのですよ。そうしたら今に又いい犬といいお人形を買って上げるから」

と言われました。

二人は悲しくなってシクシク泣き出しましたが、やがて花子さんはばあやのお庭の隅

に、「メリーさんのお墓」と書いた木の札を立ててコスモスやケイトーの花を上げて拝みました。太郎さんは、

「ポチが生きていればメリーチャンもきっと焼けないでいるよ。まだよくわからないのだからお墓を建てるのおよしよ」

と止めましたが、花子さんはただシクシク泣いて拝んでいました。

火事がすっかり済んでから、お父様は一人でお家の焼けあとを見にいらっしゃいましたが、夕方になると急いで帰って来て、

「うちはたった一軒焼け残っていた。さあみんな来い」

と大喜びで、ばあやも連れて東京のおうちへお帰りになりました。

おうちに来ると花子さんは何より先に押入れをあけて人形を見つけますと、抱き締めて飛んでよろこびました。それと一緒に太郎さんはおうちのまわりをクルクルまわって、

「ポチよ、ポチよ」

と呼んでいましたが見つかりませんので、ベソをかいて帰って来ました。そうして今度はお庭の隅にポチのお墓をこしらえ始めました。

花子さんはそれを見て、

「お兄様、お人形が焼けなかったからポチもきっと無事ですよ。お墓を作るのはおよしな

さい」

と慰めましたが、太郎さんはきかずにお墓を作ってお水を上げて拝んでいました。

するとその晩おそくワンワンワンとはげしく犬が吠える声と一緒に、

「痛い痛い。畜生。ア痛た痛た。助けてくれ」

と言ううちに、バタバタと誰か逃げて行く音がしました。

太郎さんは一番に飛び起きて、

「ポチだ、ポチだ」

と表へ飛び出しました。お父様もお母様も花子さんも驚いてみんな表へ出ますと、泥棒のようななりをした大男が犬に食いつかれて跛《びっこ》を引き引き向うへ逃げて行きます。そのあとからポチが一所懸命吠えながら追っかけて行きますと、やがて泥棒は通りかかったお巡査《まわり》さんに捕まってしまいました。

帰って来たポチを見ると、太郎さんは抱きついて嬉し泣きをしました。

「えらい、えらい。よく泥棒を追っ払った」

「さあ御ほうびにお握りを上げるよ」

とお父さんとお母さんが交わる交わるお賞めになりました。

「やっぱりあの夢はほんとだったわね」

と花子さんは人形を抱きながら太郎さんに言いました。太郎さんは犬の背中を撫でながら嬉しそうにうなずきました。

犬のいたずら

夢野久作

去年の十二月の三十一日の真夜中の事でした。一匹の猪と一匹の犬がある都の寒い寒い風の吹く四辻でヒョッコリと出会いました。

「ヤア犬さん、もう帰るのかね」

「ヤア猪さん、もう来たのかね」

と二人は握手しました。

「もうじき来年になるのだが、それまでにはまだ時間があるから、そこらでお別れに御馳走を食べようじゃないか」

「それはいいね」

二人はそこらの御飯屋へ行って、御飯を食べ始めました。

「時に犬さん、お前の持っているその大きな荷物は何だね」

と猪は小さな眼をキョロキョロさせて尋ねました。

「これは犬の年の子供がした、いい事と悪い事を集めたものさ」

「へー。善《い》い事悪い事ってどんな事だね」

「それはいろいろあるよ。他人の草履を隠したり、拾い食いをしたり、盗み食いをしたり、垣根を破って出入りしたり、猫をいじめたり、お母さんや姉さんに食いついたり」

「ヘエ、そんな事をするかね」

「するとも。それから良い方では、人のものを探してやったり、落ちたものをひろってやったり、小さい子をお守してやったり、人の命を助けたり」

「ヘエー、それはえらいね。しかしそんなものを集めて持って行ってどうするのかね」

「今に十二年目になると僕が帰って来る。その時には犬の年の子供は最早二十五になっている。男の児は最早兵隊に行って帰って来ているし、女の児ならばお嫁さんに行く年頃だから、その時に良い事をした児には良い事をしてやり、悪い事をした子には何か非道い罰を当ててやろうと思うんだ」

「フーン」

と猪は犬の言葉を聞いて腕を組んで考えました。

「オヤ猪君、何を考えているのだい」

「ウン。犬さんがそう言うと、成る程一々尤もだが、それはあまり感心しないぜ」

「何故、何故」

と犬は眼を瞠《みは》って申しました。

「それは、今年はまだ小僧だからまだいたずらをするだろう。しかし二十四にも五にもなったら、だんだんわけがわかって来て、そんないたずらをしなくなるだろう。そんなにいい人になった時に罰を喰《く》わせるのは可哀そうではないか」

このように言われると犬も考えました。

「成る程。君は猪と言う位で無暗《むやみ》にあばれるばかりと思ったら、中々ちえが深い。そんならこうしようではないか。このいたずらをした児がもし二十五になっても悪い事をやめていなかったら、罰を喰わせる事にしよう。又良い児が悪くなっていたら、御褒美をやらない事にしよう」

「うん、それがいい。僕もそれじゃ来年は勉強をして、猪のようにあばれて悪い事をする児と、猪のように一所懸命に好い事をする児の名前を集めよう。そうして猪の年の児がどんなによくなるか悪くなるか気をつけていよう」

二人は手を打って、

「それがいい、それがいい」

と言いました。

そのうちに十二時の鐘が鳴りました。

「やあ鐘が鳴った。君も僕の大好きの処まで降って来たようだ。ではでかけようではないか」

二人は表に出て右と左に別れました。その時二人は帽子をふって、

「犬の年の児万歳」

「猪の年の児万歳」

と叫びました。

西班牙犬《スペインけん》の家

（夢見心地になることの好きな人々の為めの短篇）

佐藤春夫

フラテ（犬の名）は急に駆け出して、蹄鍛冶屋《ひづめかじや》の横に折れる岐路のところで、私を待っている。この犬は非常に賢い犬で、私の年来の友達であるが、私の妻などは勿論《もちろん》大多数の人間などよりよほど賢い、と私は信じている。で、いつでも散歩に出る時には、きっとフラテを連れて出る。奴は時々、思いもかけぬようなところへ自分をつれてゆく。で近頃《ちかごろ》では私は散歩といえば、自分でどこへ行こうなどと考えずに、この犬の行く方へだまってついて行くことに決めているようなわけなのである。蹄鍛冶屋の横道は、私はまだ一度も歩かない。よし、犬の案内に任せて今日はそこを歩こう。そこで私はそこを曲る。その細い道はだらだらの坂道で、時々ひどく曲りくねっている。おれはその道に沿うて犬について、景色を見るでもなく、考えるでもなく、ただぼんやりと空想に耽《ふけ》って歩く。時々、空を仰いで雲を見る。ひょいと道ばたの草の花が目につく。そこで私はその花を摘んで、自分の鼻の先で匂《にお》うて見る。何という花だか知らないがいい匂である。指で摘《つま》んでくるくるとまわしながら歩く。するとフラテは何かの拍子にそれを見つけて、ちょっと立とまって、首をかしげて、私の目のなかをのぞき込む。それを欲しいという顔つきである。そこでその花を投げてやる。犬は地面に落ちた花を、ちょっと嗅《か》いで見て、何だ、ビスケットじゃなかったのかと言いたげである。そうしてまた急に駆け出す。こんな風にして私は二時間近くも歩いた。

歩いているうちに我々はひどく高くへ登ったものと見える。そこはちょっとした見晴《みはらし》で、打開けた一面の畑の下に、遠くどこの町とも知れない町が、雲と霞との間からぼんやりと見える。しばらくそれを見ていたが、たしかに町に相違ない。それにしてもあんな方角に、あれほどの人家のある場所があるとすれば、一たい何処《どこ》なのであろう。私は少し腑《ふ》に落ちぬ気持がする。しかし私はこの辺一帯の地理は一向に知らないのだから、解らないのも無理ではないが。それはそれとして、さて後《うしろ》の方はと注意して見ると、そこは極くなだらかな傾斜で、遠くへ行けば行くほど低くなっているらしく、何でも一面の雑木林のようである。その雑木林はかなり深いようだ。そうしてさほど太くもない沢山の木の幹の半面を照して、正午に間もない優しい春の日ざしが、楡《にれ》や樫《かし》や栗や白樺などの芽生したばかりの爽《さわ》やかな葉の透間から、煙のように、また匂《におい》のように流れ込んで、その幹や地面やの日かげと日向《ひなた》との加減が、ちょっと口では言えない種類の美しさである。おれはこの雑木林の奥へ入って行きたい気もちになった。その林のなかは、かき別けねばならぬというほどの深い草原でもなく、行こうと思えばわけもないからだ。

私の友人のフラテも私と同じ考えであったと見える。彼はうれしげにずんずんと林のなかへ這入《はい》ってゆく。私もその後に従うた。約一丁ばかり進んだかと思うころ、犬は今までの歩き方とは違うような足どりになった。気らくな今までの漫歩の態度ではなく、織るようないそがしさに足を動かす。鼻を前の方につき出している。これは何かを発見したに違いない。兎の足あとであったのか、それとも草のなかに鳥の巣でもあるのであろうか。あちらこちらと気ぜわしげに行き来するうちに、犬はその行くべき道を発見したものらしく、真直ぐに進み初めた。私は少しばかり好奇心をもってその後を追うて行った。我々は時々、交尾していたらしい梢《こずえ》の野鳥を駭《おどろ》かした。こうした早足で行くこと三十分ばかりで、犬は急に立ちとまった。同時に私は潺湲《せんかん》たる水の音を聞きつけたような気がした。（一たいこの辺は泉の多い地方である）犬は耳を癇性《かんしょう》らしく動かして二、三間ひきかえして、再び地面を嗅ぐや、今度は左の方へ折れて歩み出した。思ったよりもこの林の深いのに少しおどろいた。この地方にこんな広い雑木林があろうとは考えなかったが、この工合ではこの林は二、三百町歩もあるかも知れない。犬の様子といい、いつまでもつづく林といい、おれは好奇心で一杯になって来た。こうしてまた二、三十分間ほど行くうちに、犬は再び立とまった。さて、わっ、わっ、わっ！　という風に短く二声吠《ほ》えた。その時までは、つい気がつかずにいたが、直ぐ目の前に一軒の家があるのである。それにしても多少の不思議である、こんなところに唯一つ人の住家があろうとは。それが炭焼き小屋でない以上は。

打見たところ、この家には別に庭という風なものはない様子で、ただ唐突にその林のなかに雑《まじ》っているのである。この「林のなかに雑っている」という言葉はここでは一番よくはまる。今も言った通り私はすぐ目の前でこの家を発見したのだからして、その遠望の姿を知るわけにはいかぬ。また恐らくはこの家は、この地勢と位置とから考えて見てさほど遠くから認め得られようとも思えない。近づいてのこの家は、別段に変った家とも思えない。ただその家は草屋根ではあったけれども、普通の百姓家とはちょっと趣が違う。というのは、この家の窓はすべてガラス戸で西洋風な造《こしら》え方なのである。ここから入口の見えないところを見ると、我々は今多分この家の背後と側面とに対して立っているものと思う。その角のところから二方面の壁の半分ずつほどを覆《おお》うたゝたかずらゝだけが、言わばこの家のここからの姿に多少の風情《ふぜい》と興味とを具《そな》えしめている装飾で、他は一見極く質朴な、こんな林のなかにありそうな家なのである。私は初め、これはこの林の番小屋ではないかしらと思った。それにしては少し大きすぎる。またわざわざこんな家を建てて番をしなければならぬほどの林でもない。と思い直してこの最初の認定を否定した。ともかくも私はこの家へ這入って見よう。道に迷うたものだと言って、茶の一杯ももらって持って来た弁当に、我々は我々の空腹を満そう。と思って、その家の正面だと思える方へ歩み出した。すると今まで目の方の注意によって忘れられていたらしい耳の感覚が働いて、私は流れが近くにあることを知った。さきに潺湲《せんかん》たる水声を耳にしたと思ったのはこの近所であったのであろう。

正面へ廻って見ると、そこも一面の林に面していた。ただここへ来て一つの奇異な事には、その家の入口は、家全体のつり合から考えてひどく贅沢《ぜいたく》にも立派な石の階段が丁度四級《きだ》もついているのであった。その石は家の他の部分よりも、何故《なぜ》か古くなって所々苔が生えているのである。そうしてこの正面である南側の窓の下には家の壁に沿うて一列に、時を分たず咲くであろうと思える紅《あか》い小さな薔薇《ばら》の花が、わがもの顔に乱れ咲いていた。その薔薇の叢《くさむら》の下から帯のような幅で、きらきらと日にかがやきながればかりではない。そのら、水が流れ出ているのである。それが一見どうしてもその家のなかから流れ出ているとしか思えない。私の家来のフラテはこの水をさも甘《うま》そうにしたたかに飲んでいた。私は一瞥《いちべつ》のうちにこれらのものを自分の瞳《ひとみ》へ刻みつけた。

さて私は静に石段の上を登る。ひっそりとしたこの四辺《あたり》の世界に対して、私の靴音は静寂を破るというほどでもなく響いた。私は「おれは今、隠者か、でなければ魔法使の家を訪問しているのだぞ」と自分自身に戯れて見た。そうして私の犬の方を見ると、彼は別段変った風もなく、赤い舌を垂れて、尾をふっていた。

私はこつこつと西洋風の扉を西洋風にたたいて見た。内からは何の返答もない。私はもう一ぺん同じことを繰返さねばならなかった。内からはやっぱり返答がない。今度は声を出して案内を乞《こ》うて見た。依然、何の反響もない。留守なのかしら空家《あきや》なのかしらと考えているうちに私は多少不気味になって来た。そこでそっと足音をぬすんで――これは何のためであったかわからないが――薔薇のある方の窓のところへ立って、そこから背のびをして内を見まわして見た。

窓にはこの家の外見とは似合しくない立派な品の、黒ずんだ海老茶《えびちゃ》にところどころ青い線の見えるどっしりとした窓かけがしてあったけれども、それは半分ほどしぼってあったので部屋のなかはよく見えた。珍らしい事には、この部屋の中央には、石で彫って出来た大きな水盤があってその高さは床の上から二尺とはないが、その真中のところからは、水が湧立《わきた》っていて、水盤のふちからは不断に水がこぼれている。そこで水盤には青い苔が生えて、その附近の床――これもやっぱり石であった――は少ししめっぽく見える。そのこぼれた水が薔薇のなかからきらきら光りながら蛇のようにぬけ出して来る水なのだろうということは、後で考えて見て解った。私はこの水盤には少なからず驚いた。ちょいと異風な家だとはさきほどから気がついたものの、こんな異体の知れない仕掛まであろうとは予想出来ないからだ。そこで私の好奇心は、一層注意ぶかく家の内部を窓越しに観察し始めた。床も石である、何という石だか知らないが、青白いような石で水で湿った部分は美しい青色であった。それが無造作に、切出した時の自然のままの面を利用して列《なら》べてある。入口から一番奥の方の壁にこれも石で出来たファイヤプレイスがあり、その右手には棚が三段ほどあって、何だか皿見たようなものが積み重ねたり、列《なら》んだりしている。それとは反対の側に――今、私がのぞいている南側の窓の三つあるうちの一番奥の隅《すみ》の窓の下に大きな素木のままの裸の卓があって、その上には……何があるのだか顔をぴったりくっつけても硝子《ガラス》が邪魔をして覗《のぞ》き込めないから見られない。おや待てよ、これは勿論空家ではない、それどころか、つい今のさきまで人がいたに相違ない。というのはその大きな卓の片隅から、吸いさしの煙草《タバコ》から出る煙の糸が非常に静かに二尺ほど真直ぐに立ちのぼって、そこで一つゆれて、それからだんだん上へゆくほど乱れて行くのが見えるではないか。

私はこの煙を見て、今まで思いがけぬことばかりなので、つい忘れていた煙草のことを思出した。そこで自分も一本を出して火をつけた。それからどうかしてこの家のなかへ入って見たいという好奇心がどうもおさえ切れなくなった。さてつくづく考えるうちに、私は決心をした。この家の中へ入って行こう。留守中でもいい這入ってやろう、もし主人が帰って来たならばおれは正直にそのわけを話すのだ。こんな変った生活をしている人なのだから、そう話せば何とも言うまい。かえって歓迎してくれないとも限らぬ。それには今まで荷厄介にしていたこの絵具箱が、おれの泥棒ではないという証人として役立つであろう。私は虫のいいことを考えてこう決心した。そこでもう一度入口の階段を上って、念のため声をかけてそっと扉をあけた。扉には別に錠も下りてはいなかったから。

私は入って行くといきなり二足三足あとすだりした。何故かというに入口に近い窓の日向に真黒な西班牙犬《スペインけん》がいるではないか。顎《あご》を床にくっつけて、丸くなって居眠していた奴が、私の入るのを見て狡《ずる》そうにそっと目を開けて、のっそり起上ったからである。

これを見た私の犬のフラテは、うなりながらその犬の方へ進んで行った。そこで両方しばらくうなりつづけたが、この西班牙犬は案外柔和な奴と見えて、両方で鼻面を嗅ぎ合ってから、向《むこう》から尾を振り始めた。そこで私の犬も尾をふり出した。さて西班牙犬は再びもとの床の上へ身を横《よこた》えた。私の犬もすぐその傍へ同じように横になった。見知らない同性同士の犬と犬とのこうした和解はなかなか得がたいものである。これは私の犬が温良なのにも因《よ》るが主として向う犬の寛大を賞讃しなければなるまい。そこでおれは安心して入って行った。この西班牙犬はこの種の犬としてはかなり大きな体で、例のこの種特有の房々した毛のある大きな尾をくるりと尻の上に巻上げたところはなかなか立派である。しかし毛の艶《つや》や、顔の表情から推して見て、大分老犬であるということは、犬のことを少しばかり知っている私には推察出来た。私は彼の方へ接近して行って、この当座の主人である彼に会釈するために、敬意を表するために彼の頭を愛撫《あいぶ》した。一体犬というものは、人間がいじめ抜いた野良《のら》犬でない限りは、淋しいところにいる犬ほど人を懐《なつか》しがるもので、見ず知らずの人でも親切な人には決して怪我をさせるものではない事を、経験の上から私は信じている。それに彼らには必然的な本能があって、犬好きと犬をいじめる人とは直ぐ見わけるものだ。私の考は間違ではなかった。西班牙犬はよろこんで私の手のひらを舐めた。

それにしても一体、この家の主人というのは何者なのであろう。何処へ行ったのであろう。直ぐ帰るだろうか知ら。入って見るとさすがに気が咎《とが》めた。それで入ったことは入ったが、私はしばらくはあの石の大きな水盤のところで佇立《ちょりつ》したままでいた。その水盤はやっぱり外から見た通りで、高さは膝《ひざ》まで位しかなかった。ふちの厚さは二寸位で、そのふちへもってって、また細い溝《みぞ》が三方にある。こぼれる水はそこを流れて、水盤の外がわをつとうてこぼれてしまうのである。なるほど、こうした地勢では、こうした水の引き方も可能なわけである。この家では必ずこれを日常の飲み水にしているのではなかろうか。どうもただの装飾ではないと思う。

一体この家はこの部屋一つきりで何もかもの部屋を兼ねているようだ。椅子が皆で一つ……二つ……三つきりしかない。水盤の傍と、ファイヤプレイスとそれに卓に面してと各一つずつ。どれもただ腰を掛けられるというだけに造られて、別に手のこんだところはどこにもない。見廻しているうちに私はだんだんと大胆になって来た。気がつくとこの静かな家の脈搏のように時計が分秒を刻む音がしている。どこに時計があるのであろう。濃い樺色の壁にはどこにもない。あああれだ、あの例の大きな卓の上の置時計だ。私はこの家の今の主人と見るべき西班牙犬に少し遠慮しながら、卓の方へ歩いて行った。

卓の片隅には果して、窓の外から見たとおり、今では白く燃えつくした煙草が一本あった。

時計は文字板の上に絵が描いてあって、その玩具のような趣向がいかにもこの部屋の半野蛮な様子に対照をしている。文字板の上には一人の貴婦人と、一人の紳士と、それにもう一人の男がいて、その男は一秒間に一度ずつこの紳士の左の靴をみがくわけなのである。馬鹿馬鹿しいけれどもその絵が面白かった。その貴婦人の襞《ひだ》の多い笹べりのついた大きな裾《すそ》を地に曳《ひ》いた具合や、シルクハットの紳士の頬髯《ほおひげ》の様式などは、外国の風俗を知らない私の目にももう半世紀も時代がついて見える。さて可哀想なはこの靴磨きだ。彼はこの平静な家のなかの、そのまたなかの小さな別世界で夜も昼もこうして一つの靴ばかり磨いているのだ。おれは見ているうちにこの単調な不断の動作に、自分の肩が凝って来るのを感ずる。それで時計の示す時間は一時十五分——これは一時間も遅れていそうだった。机には塵《ちり》まみれに本が五、六十冊積上げてあって、別に四、五冊ちらばっていた。何でも絵の本か、建築のかそれとも地図と言いたい様子の大冊な本ばかりだった。表題を見たらば、独逸語《ドイツ》らしく私には読めなかった。その壁のところに、原色刷の海の額がかかっている、見たことのある絵だが、こんな色は卄スラアではないか知ら……私はこの額がここにあるのを賛成した。でも人間がこんな山中にいれば、絵でも見ていなければ世界に海のある事などは忘れてしまうかも知れないではないか。

私は帰ろうと思った、この家の主人にはいずれまた会いに来るとして。それでも人のいないうちに入込んで、人のいないうちに帰るのは何だか気になった。そこで一層のこと主人の帰宅を待とうという気にもなる。それで水盤から水の湧立つのを見ながら、一服吸いつけた。そうして私はその湧き立つ水をしばらく見つめていた。こうして一心にそれを見つづけていると、何だか遠くの音楽に聞き入っているような心持がする。うっとりとなる。ひょっとするとこの不断にたぎり出る水の底から、ほんとうに音楽が聞えて来たのかも知れない。あんな不思議な家のことだから。何しろこの家の主人というのはよほど変者《かわりもの》に相違ない。……待てよおれは、リップ・ヴァン・ヰンクルではないか知ら。……帰って見ると妻は婆になっている。……ひょっとこの林を出て、「K村はどこでしたかね」と百姓に尋ねると、「え？　K村そんなところはこの辺にありませんぜ」と言われそうだぞ。そう思うと私はふと早く家へ帰って見ようと、変な気持になった。そこで私は扉口《とぐち》のところへ歩いて行って、口笛でフラテを呼ぶ。今まで一挙一動を注視していたような気のするあの西班牙犬はじっと私の帰るところを見送っている。私は怖《おそ》れた。この犬は今までは柔和に見せかけて置いて、帰ると見てわっと後から咬《か》みつきはしないだろうか。私は西班牙犬に注意しながら、フラテの出て来るのを待兼ねて、大急ぎで扉を閉めて出た。さて、帰りがけにもう一ぺん家の内部を見てやろうと、背のびをして窓から覗き込むと例の真黒な西班牙犬はのっそりと起き上って、さて大机の方へ歩きながら、おれのいるのには気がつかないのか、

「ああ、今日は妙な奴に駭《おどろ》かされた。」

と、人間の声で言ったような気がした。はてな、と思っていると、よく犬がするように

あくびをしたかと思うと、私の瞬《まばた》きした間に、奴は五十恰好《かっこう》の眼鏡をかけた黒服の中老人になり大机の前の椅子によりかかったまま、悠然と口にはまだ火をつけぬ煙草をくわえて、あの大形の本の一冊を開いて頁をくっているのであった。

ぽかぽかとほんとうに温い春の日の午後である。ひっそりとした山の雑木原のなかである。

犬（法朗西《フランス》御使節モーズ侯一件）

久生十蘭

一

安政五年八月十二日、フランス使節グロー男爵は条約書取替《とりかわせ》のため、プレジュウ、ラプラーズ、タンクレェドの三艦をひきいて江戸湾へ乗り込んできた。一行は随員モーズ侯爵、天主教師通訳メルメ以下、二十五人である。

大老井伊直弼《なおすけ》の公用人宇津木景福《うづきかげよし》が筆録した「公用方秘録」によれば、入港から出帆までの経過は次のようである。

八月　三日　　上海《シャンハイ》発

同　十二日　品川沖泊《どまり》
同　二十日　法朗西《フランス》使節上陸、愛宕下、真福寺《しんぷくじ》御旅館に入《いる》
九月　三日　仮条約書御取替、ミニエケーヘル砲六挺、短銃四挺献上、講武所にて打方《うちかた》を伝授す
同　五日　午前十字《じ》、新銭座《しんせんざ》より乗艦
同　六日　午後一字、出帆

ところで、この中でもっとも重要な一項が朱筆でグイと抹殺されている。

八月二十八日　御使節御随行モーズ侯爵殿、西丸《にしのまる》第二番隊青沼竜之助と、於品川御殿山、西洋式決闘を被成《なさる》

二

まだ朝が早く、見あげると、愛宕山の人丸《ひとまる》のあたりはうっすらと靄《もや》のなかに沈み、鉾杉の頂だけが亭々とあらわれだしている。社殿の朱も道芝もしっとりと露に濡れ、いかにも清《すが》しい朝のひとときである。

西丸二番隊士、青沼竜之助は本地堂《ほんじどう》わきの屯所《たむろ》を出て役行者《えんのぎょうじゃ》の前からぶらぶら女坂《おんなざか》をのぼって行った。

愛宕下の真福寺へフランス使節の一行が宿泊するようになってから、二番小隊の警備の受持は本地堂前から太神坊《たいしんぼう》までということになっているが、今朝の独り歩きは見廻りというようなことではない、胃の腑のための生理的な散歩なのである。

めずらしく酒も煙草ものまず、碁、将棋もあまりやらない。趣味は生物《いきもの》を可愛がることと、あてもなくぶらぶら歩きすることだけである。西丸にいる間は、毎朝、廓内《くるわうち》をひと廻りするのがきまりになっている。

無類の甘党で、麻布の百足屋《むかで》団子、本芝《ほんしば》の粟餅、八丁堀の金鍔《きんつば》焼というように甘いものでさえあればけっして尻込みをしない。したがって、年来、胃弱の気味である。朝のひと廻りをやらないと一日じゅう腹ぐあいが悪い。自然の要求でやむなくやっていることだが、警備隊士という役柄では、それがいかにも職務熱心というふうに見え、上役の間では、青沼はひどく糞真面目な男だという評判をとっている。

生物を可愛がるのは子供のときからのことで、とりたてて何をとかぎったことはない。犬でも猫でも小鳥でも、そういうかよわいものの世話をしてやることができればそれで満足なのである。

三年前の冬大手前《おおてまえ》のお濠端で拾った犬に、三太郎という名をつけて可愛がっている。貧相なようすをしたつまらない駄犬で、なんの芸もないくせに盗み食いだけは名人である。青沼は、この犬のおかげでいままでどれだけ迷惑をこうむったかしれない。毎日のように尻を持ち込まれては嫌な思いをする。そのたびによく言いきかせるのだが、なんとしてもその癖がやまない。どうしてこうききわけがないかと思うと、腹が立つよりいっそ不憫になる。こんど、真福寺の警衛に出役《しゅつやく》することになって、心ならずも西丸下へ残してきたが、手荒な隊士たちに毎日どんな目にあわされているだろうと、いまも気にかかるのはそのことなのである。

この月の八日に新将軍が御宣下《ごせんげ》になったが、まだ先さま（家定）の大喪中で一般はなんとなく沈みこんでいる。あたかも安政の大獄がはじまりかけ、世上にはけわしい気風がうごき、英露米仏と開港通商の樽俎《そんそ》折衝の間に、このほうからもなにかしら大きな転換が来ようとしている。

御徒士《おかち》といえば将軍の乗物について歩くだけのつまらない役で、さして覚悟も見識も必要としないのだから、時世などに心をつかわなければならぬ義務はない。一昨年《おととし》の春、御講武所といって兵学校のようなものができ、御徒士を歩兵隊へ組みいれ、にわかに和蘭《オランダ》式の調練をはじめることになったが、組織が変れば人の精神まで変るとは限らない。むかしとはいくぶん身装《みなり》はちがったが、青沼は依然としてむかしの青沼のままである。眉も濃く、鼻梁《はなすじ》も通り、眼鼻だちはさほど馬鹿げているというのではない。一応、立派な顔貌《かおつき》なのだが、いつも黄水《きみず》に悩んで噯気《おくび》ばかりし、どことなく一帯に皮膚がたるんで間の抜けた顔に見える。

それでも、むかしいちど志をたて、福田伊之助について揚心流の柔術《やわら》を習いはじめたことがあったが福田の道場は稽古がはげしいので有名で、入門初心の一年は、毎日三十本の稽古を受けなければ帰さない掟なので、閉口してまもなくやめてしまった。

三

坂上の靄《もや》の中で調子のいい口笛の音が聞こえる。青沼は誘われるようにそのほうを見あげた。まだ姿は見えないが、寛闊に石段を踏みならしながらだれかこちらへ降りて来る。

「ははあ、モスの守《かみ》か」

と、青沼は、つぶやいた。

屯所《たむろ》では、使節のグロー男爵をクロの守、随行のモーズ侯爵をモスの守、通訳のメルメ師をメリ僧正と呼んでいる。警備の心得の一端として、御使節の一行は、日本ならば何々の守といわるるご身分の方々であられるから、応対はそのつもりでせよと、歩兵頭並《がしらなみ》、城《じょう》織部《おりべ》からねんごろに申し渡しがあったからである。

フランス使節の一行はみな一様に朝寝好きで、十字をよほどすぎないと起きだしてこないがモスの守だけは例外で、いつも朝早くから洋犬をつれて山内を散歩するので、毎朝のように青沼と顔が合う。

モスの守は見上げるような大兵《たいひょう》で、肩などは巌のように盛りあがり、頸筋はあくまで赤く、まるで蘇芳《すおう》でも塗ったようである。モジャモジャした毛虫眉の下にいかつい眼があって、眼差はトント睨みつけるようである。身体のこなしはいったいに武張っていて、こちらに対する構えはひどく居丈高に感じられる。

まもなく、モスの守が地蔵堂のわきから広くもない石段の真中を大きな歩幅でノシノシと降りて来た。いきおい青沼は崖のほうへできるだけ身体を寄せ、念の入った愛想笑いをしながら慇懃《いんぎん》に挨拶をした。

モスの守はゆっくりと顔を廻し、葡萄色の横柄《おうへい》な眼玉をうごかして見下げるように見据えると、肩を聳《そび》やかしたま悠々《ゆうゆう》と降りて行ってしまった。

こういう超然ぶりは毎朝のことだから青沼はもう馴れっこになってかくべつ気にもかからない。こちらもそのまま行き過ぎて、石段をものの五段ばかり上ったとき、不意にうし

ろで、

「竜《りゅう》、竜……」

という声がした。

屯所の仲間は、青沼を竜之助とも青沼とも呼ばない。てんで馬鹿にしきって、走り使いの小者でも呼ぶように、竜、竜、と呼びつけにする。青沼は、てっきりじぶんが呼ばれたのだと思って、

「おう」

と、そのほうへ振り返ると、ほかに人影はなく、モスの守が一人、坂の途中に立ちどまってこちらを見ている。

モスの守がじぶんの名など知っているはずはないのだから、青沼は、ひととき、ぼんやり突っ立ったままでいると、モスの守は、青沼の顔をまともに瞶《みつ》めたまま、妙な節づけをしたよく響く声で、

「竜《りゅう》、竜……」

と呼んだ。

青沼は、

「はッ」と、こたえて小腰をかがめた。

この時、坂の上のほうからなにか白い小さなものが筋斗《とんぼがえり》をするような勢いで駆けおりてくると、ヒョイと青沼の股の間をくぐりぬけてモスの守のほうへ転がって行った。縮れ毛の、白い小さなむく犬で、モスの守が朝の散歩にいつも連れて歩く洋犬である。

むく犬はモスの守の足元にじゃれつくと、元気のいい声で、一と声、ワンと吠えた。モスの守は飛びつきそうにするむく犬を、

「竜、竜」

と低い声で叱りつけると、青沼の方へは眼もくれずにゆっくりと役行者のほうへ降りて行った。

モスの守は青沼を呼んだのではない。リュリュといういうじぶんの犬を呼んだのだった。リュリュというのはフランスではごくありふれた犬の名である。

この間違いは青沼にもすぐわかった。モスの守のほうに悪気があったわけではない。一にも二にもこちらの早合点だったのだが、西丸の歩兵隊士ともあろうものが、いままでむく犬の代りに慇懃に返事をしていたと思うと、いささかおさまらない気持がする。

坂の中段のところに突っ立ったまま、なんとも気まずい思いでモスの守の行ったほうを見送っていると、いま降りて行ったむく犬が雀を追いながらまた駆けあがってきた。

なぞえの藪へ雀を追い込むと満足したように石段の上へ戻ってきて、ごろごろ身体を転

がしたり自分の尻っぽにじゃれついてぐるぐる廻ったりしている。それがすむと、こんどは崖のそばの水溜りへ走って行って、顔を突っこんでおかまいなしに汚い水をチョビチョビと飲んでいる。

いくら西洋の犬でもこのへんのところはうちの三太郎とあまり変りはないな、などと、青沼はそんなことを考えながら、モスの守の口真似をして、低い声で、

「竜、竜」

と呼んでみた。

リュリュは水溜りから顔を上げると、急にこちらへ振り返って、大きな、緑色の、無邪気な眼でジッと青沼の顔を見てから、ちぎれるように尻尾を振りながら走ってきて泥だらけの足でいきなり胸へ飛びついた。

おかげで、黒木綿のダンブクロと白い羽織の紐《ひも》へべっとりと泥をなすられてしまった。青沼は、これはひどいと思ったがさほど腹もたたない。

「こら、こら」

と、やさしく叱りながら、羽織の袖口を引き出して泥をふいた。

リュリュは新しい知己が出来たのがうれしくてたまらないというふうに、背のびをして赤い舌で青沼の手を舐《な》めると、石段の上に腹這いになって眼を輝かせながら青沼の顔を見

上げている。いかにも遊んでもらいたそうなようすである。

白い毛がチリチリと見事な渦になって、背筋をうねらせるたびに毛並が絖《ぬめ》のように光る。爪などは磨きあげたようにつやつやしている。全身が白いのに、鼻の先だけが黒い斑《ぶち》になっていて、いかにもとぼけた、愛嬌のある顔である。生物にたいする青沼の愛情は、かならずしも美醜に左右されるわけではないが、青沼の眼にも美しいものはやはり美しく映る。

青沼はゾクッとして、我ともなくそちらへ寄って行ってそっとリュリュの頭へ触ってみた。するとリュリュはいよいよ上機嫌で、お礼のつもりか、はげしく尻尾を振りながらデレリと青沼の頬を舐めあげた。

青沼は、

「うふ、ふ」

と、眼を細くして笑うと、さきほどのいやな思いも忘れ、そこへしゃがみこんでそろそろとリュリュの耳のうしろを掻きはじめた。

四

青沼の背中に朝日が陽だまりをつくり、そのへんをジリジリと焙《あぶ》りつけるが、青沼はそんなことを気がつかずに我をわすれてリュリュと遊んでいた。

ふと、身近に人のけはいがするので、掻く手をやすめて振り返ってみると、同じ石段のすぐ横手にモスの守が立っていかめしい顔で青沼を見おろしていた。

このひとの眼は瞬きをしないのか、大きく見ひらいた海のように青い瞳がチラとも動かずに青沼の手先のあたりにとまっている。

青沼はかくべつ悪いことをしたとも思わないが、いくらか気がとがめ、モスの守の顔をふりあおぐようにしながら、

「これはどうも、お見事なお犬でございますな」

と、お愛想をいった。

モスの守は、頬のあたりをキクと痙攣《ひきつ》らせ、重い押し出すような声で、

「猿《さる》！」

と、ひと声、叫ぶと、中腰になっている青沼の胸のあたりを八ツ手の葉のような大きな手でドンと突いた。

青沼は遺憾なく石段のうえへ尻餅をつき、おどろいて眼を瞠《みは》っているうちに、モスの守は手巾《ハンカチ》をだして青沼の手が触ったリュリュの耳のあたりをいくども丁寧に拭き、手巾を叢《くさむら》

へ投げ捨てるとリュリュを抱きあげて冷然と歩み去った。

重ねがさねの不首尾で、さすがの青沼もすっかり気を腐らせてしまった。腰を撫でながら起きあがったが、ひどくみじめな気持になってもう散歩をつづける気にもなれない。

「畜生、猿たァひでえことをいやがる」

とつぶやきながら屯所《たむろ》のほうへ戻りかけると、下から田村宗三《そうぞう》が上ってきた。真福寺へ詰めている仏語の通辞で、うらなりの冬瓜のようなしなびた顔の男である。

「おい、貴公か。いま、ここでモーズに逢ったのは」

「うむ」

「モーズがえらく腹をたてていた……貴公、なにかやらかしたのか」

「いや」

「そんなはずはない。おれの朝の散歩の間は警衛の隊士を山内へ入れないようにしてくれといっていた……どうした、隠さずにいってみろ、悪いようにはしないから」

「べつに隠しているわけじゃない……おれがモスの守の犬の頭を撫でていたら、いきなり突き倒しておれを猿といやがった。文句があるのはこっちだ」

田村は、ひえ、と顎をひいて、

「そんなことをいやがったのか。相変らず無礼なやつだな……それで、貴公、どうした」

「どうもしない……が、いくらかおれもおさまらん。あんなやつらに猿などといわれるいんねんはないのだからな」

田村は眼を宙吊りにして、猿、猿、と口の中で呟《つぶや》いていたが、急に顔を小皺《じわ》だらけにしてニヤリと笑うと、

「それァ、猿じゃない、サールといったんだ……サールというのは、仏語で、汚いとか穢《けが》らわしいとかいう意味だ……貴公がモーズの犬に触ったのが、モーズの癇気にふれたのだな。それでよくわかった」

青沼は、釣り込まれたようにニヤリと笑った。

「そうか、おれの手が触ったので穢らわしいといったのか……それで、おれもよくわかった」

いつ来たのか、リュリュが二人の足許に坐ってクルクル頭を廻しながら面白そうに蝶の行方を見送っている。青沼は妙に勘どころをはずした眼付でぼんやりリュリュを眺めていたがいきなり手をのばしてヒョイとリュリュを抱きあげると、そのまま脇道から警衛隊の屯所《たむろ》のある本地堂のほうへ降りて行った。

田村が驚いて石段の上でわめいた。

「おい、竜……竜ッたら……」

五

「そろそろ帰って来そうなものだな」

岩崎正蔵《しょうぞう》が組んでいた腕をといて大戸口《おおとぐち》へつづく中の廊下のほうへ振り返った。岩崎正蔵は西丸歩兵第二番隊の隊長である。

「うむ、もうまもなく帰って来るだろう」

小頭《こがしら》の柴田郁之助《いくのすけ》が強い声で受けた。

代表として芝の真福寺へ出かけて行った真木と小野の二人を除いて、坊主畳を敷いた西丸営舎の大部屋に二十三人の二番隊士が全部集っていた。

西丸下の営舎は、ちょうどいま楠公の銅像のあるあたりにあった。松平因幡《いなば》の屋敷あとで、ここに奥詰銃隊の一部と、一番から四番までの四小隊が屯営している。濠《ほり》の土堤に沿って奥詰銃隊の営舎があり、それから南へ三番、四番、空地をへだててその向いが一番隊と二番隊の長屋になっている。

大部屋の窓は西南《にしみなみ》にあいているので、四字ごろの強い西陽が真っ向から差しこんでくるが、たれ一人肌を脱ごうとするものもない。二カ所に切られた大囲炉裏のそばで足を投げ出していものもある。白磨きの板壁に凭れて胡座《あぐら》をかいているものもある。それぞれいくぶん余裕を見せているが、顔はどの顔もみな痼走っていた。

女坂での青沼とモスの守の一件が真福寺の二番隊の屯所につたわると、隊長岩崎正蔵は、その日の正午、全隊をまとめて届なしにさっさと西丸下の屯営へ引き揚げてしまった。趣意はきわめて明白で、われわれ一同は犬以下のものであるから、大切な外国使節警衛の重任は相勤まらんというのである。

女坂の一件は青沼の口から伝わったのではなかった。青沼はなにもいわなかった。見馴れない犬を抱いて入って来たので、下役並《したやくなみ》の真木藤介《とうすけ》が、それは、だれの犬だとたずねると、青沼はこれはモスの犬だとこたえただけだった。まもなく、通辞の田村宗三が、モスの守の命令で屯所《たむろ》へ犬を取り戻しに来て、田村の口から一切のいきさつが知れたのである。

田村宗三は、本気で犬を取り戻しに来たのではない。田村の本意は、むしろ事件のいきさつを隊長の岩崎に報告することにあったようである。岩崎は列座の中へ青沼を呼びだして改めて念をおすと、青沼は一々あっさりと頷き、リュリュを繋いである樗《おうち》の樹の下へ戻って行ってまた犬の頭を撫ではじめた。

もう、一青沼などはどうでもよく、この事件は青沼から離れて隊全体の問題になった。

柴田郁之助は、この際、青沼の個人的な意見などはかえって邪魔になるから、青沼を除外して全隊の討議によって態度を決しようという動議をだした。一同これに賛成して、青沼を除いた三十四人で評議をすすめることになった。ほかの細かいいきさつはともかくとして、一同の憤激はモスの守が手巾《ハンカチ》で犬の耳を拭《ぬぐ》ったという一点にかかっていた。日本人にたいするこれ以上の侮辱の表現はなく、そのやりかたはなんとしてもゆるし難いものである。

青沼の重い口からこの間のいきさつをきくと、浅井金八郎、高木徳平《とくへい》の二人は剣をおっとって屯所から走り出そうとした。いつも冷理を忘れないのを江戸前と誇る御徒士隊では、これはかつて一度も見られなかった光景であった。

もっとも、この二人だけではない。青沼を除いて全隊総立ちになった瞬間があった。わずかにそれを制し得たのは、江戸人としての長い間の洗練と、親衛隊士であるという自重心によることだった。

討議はすぐまとまった。

一、随員の不始末につき、フランス使節をして正式に遺憾の意を表せしむること。

一、青沼の要求する方法によって徹底的にモスの守に謝罪せしむること。

一、公私を問わず、今後、歩兵隊士にたいして侮辱的な言辞を弄せざることを誓わせる絶することと。

一、この三カ条の要求がいれられるまでは、いかなる事態が惹起《じやつき》しても使節の警衛を拒絶すること。

一、開国の新方針により、あるいは不当の譴責《けんせき》、謹慎、懲戒、その他さまざまな方法で圧迫されるかも知れぬ。そういう場合には隊士全隊の犠牲において対処すること。

討議がまとまると、すぐさま屯所の引き払いにかかり、塵ひとつ残らないように掃除をすませ出役の横目付には交代と届け出し、一同、隊伍を組んで愛宕神社の境内をひきあげた。

夕方近くになって、歩兵頭並《なみ》城織部と横田五郎三郎《ごろさぶろう》が慌《あわ》ててやって来た。隊長以下一同が出て二人に応接した。

城の態度は最初から威圧的で、青沼に犬を返させ、モスの守へ謝罪させると申し渡した。岩崎は最初から沈黙を守り、小頭の柴田郁之介が二番隊を代表して、強いて青沼に謝罪させようとするなら、われわれ一同、真福寺の庭先で腹を切る覚悟だと言い切った。

城も横田も、御徒隊士の日頃の気風を知りぬいているので、はじめのうちは笑って相手にもしなかったが、追々、一同の決意と結束が意外に固いことを知ると、老練な横田はすぐ主旨を変え、軍監府の許可もなく濫《みだ》りに持場を離れ、無届で、屯営に引き揚げて来たことは軍律違反だと難詰しはじめた。

そこで、岩崎がはじめて口をひらいた。

「横田さん、これは意外なことをうけたまわるものだ。手前としては、あの際、もっとも適当な処置をとったと信じている……なにしろ、一同はみな非常に激昂しているので、このまま真福寺の地内へおくと以外な不祥事件をひき起さぬとも測られぬと思い、とるものもとりあえず屯所を引き揚げさせてここへ移したのです。手前はご賞美にあずかるものとばかし思っていたが、お叱りとは驚きいりましたな」

詭弁《きべん》であることは横田にもわかったが、そういう事態がけっして起らなかったとは言いきれぬのでそのまま口を噤《つぐ》むほかはなかった。城にしろ横田にしろ、モスの守の非礼は充分に認めているので、隊士たちに機先を制しられると、それ以上、二人の一了見では処置をつけにくくなり、謹慎してこの上ともお沙汰を待つようにと言い渡して愴惶《そうこう》と引き取って行った。

六

二番隊のほうでは、軍監府や外国奉行の意向《いこう》に頓着なく、翌二十六日の朝、クロの守とモスの守の謝罪を要求するために真木藤助と小野勇之進を真福寺へさしむけてやった。

二十四日の討議で、今後の隊の行動方針ははっきりときまっていた。相手があくまでも謝罪しないときは、一同、歩兵隊を脱退して相手が屈服するまで執拗に争いぬく申し合せで、事件は青沼を置き去りにして意外な方向へ発展することになった。

四字半ごろになって、ようやく真木と小野が帰ってきた。大戸口《おおとぐち》の式台をあがるかあがらぬうちに、真木が奥の大部屋のほうへ大きな声で怒鳴りたてた。

「いかん、いかん、談判不調だ」

気早《きばや》な浅井金八郎と高木徳平が中の廊下へ飛びだして二人を迎えた。

「駄目か」

「どうしても謝らんのか」

「待て待て、いまくわしく報告する」

真木と小野は、岩崎の前へ行ってどっかりと胡座《あぐら》をかいた。

「やはり駄目だったか」

小野は大きな眼玉をギョロつかせながら、

「駄目も駄目でねえも、てんで相手にならん。話があるなら犬を返してから聞こうという口上だ。メリ僧正の口吻《くちぶり》だと、われわれ二人を犬の人質にでも取りかねぬような権幕だから、そんな日に逢っては馬鹿馬鹿しいと思って逃げだして来た……あまりいい首尾ではなかったが、詰問状は置いて来たから、われわれ一同の趣意だけは通じたはずです」

「今日のところは、われわれの意志だけ向うへ通じればそれでいい。喧嘩はこれからだ」

柴田郁之助がそういうと、真木は乗り出すようにして、

「その喧嘩のことだ……おれたちは、なんだあんな犬と思っているが、今日のようすから推《お》すと、モスの守のほうじゃ、あのむく犬は命から二番目という代物らしいから、あいつを握っているかぎりこっちの歩がいいわけだ。あれを枷《かせ》にして否応なしに謝らせる手もありそうだ」

「なるほど、そういう手もあるな。叩っ殺して喰ってやろうかとも思ったが、そうせずにおいてよかった」

中の廊下を駆けてくる足音がし、銃人《じゆうにん》調理方の山口左近が飛び込んできた。

「新情報が入った。おれたちは永田ノ馬場の松平備後《びんご》の屋敷へお預けになることにきまったらしい。まもなく横目付がこっちへやってくるそうだ」

津田栄吉が膝を立てた。

「どこで聞いてきた」

「銃隊の飯田さんがそっと耳打ちしてくれた」

一同の顔をグルリと見廻して、

「ところで、だいぶ話が面白くなってきた。一番隊、三番隊、四番隊……西丸の三小隊がわれわれに同情して真福寺の警衛を拒絶したそうだ……銃隊の飯田さんはみなで尻押しするから、どんなことがあっても青沼に謝らせてはならんといっていられる。ひょっとすると、一番隊と四番隊はわれわれと同じ行動をとってくれることになるかもしれない」

柴田郁之助は胸を張って、

「それはいい。では、ひとつ協同してもらってやれるだけやってみようじゃないか、どうだ、諸君」

一同が手を拍って気勢をあげかけると、岩崎は制して、

「ちょっと待て。この際、同情を受けるのはありがたいが、おれとしては、後援、協同ということは謝絶したほうがいいと思う」

小野勇之進が開きなおった。

「それはなぜですか……今日の始末でもわかるように、第二番隊だけでは力が弱い。われわれの趣意を貫徹するために各隊の後援こそ願ってもないことだと思うが」

「いや、それはちがう。人数こそ少いが、西丸の歩兵隊の一部が我意を張ってこういう騒ぎを起している。幕府にとってはこれだけでも相当大きな問題だ。これに一番隊、四番隊

が加担して騒ぎを大きくすると、お上は黙っていない……われわれだけでやるなら、一応、趣意も通り一分の同情を贏《かちえ》る余地が残っているが、そういう騒ぎにすると反感をかってかならず叩き潰されてしまうにきまっている。各隊の同情はまことにありがたいが、このところ、ちょっと贔屓《ひいき》のひき倒しというところだな。われわれはお国民《くにたみ》の面目を立て貫こうためにやっているので、争いを望んでいるわけではない……おれの意見はまあこうだが、諸君に意見があるなら聞かせてもらいたい」

柴田郁之助が、ちょっと頭をさげた。

「いや、浅慮でした。たしかにそれにちがいない。各位も御同感のことと思うが、では、これからどうします。松平備後のところへ預けられると、われわれは行動の自由を失うことになるが」

「昨日の討議では、場合によっては歩兵隊を脱退して、と意見をまとめたが、しかし、それは上乗の策ではない。預けるというなら預けられて、目的の貫徹のために、一応恭順の意を表しておくのもいいではないか。恭順といっても自から限度があって、われわれの意志を枉《まげ》てまで維《これ》従うという意味ではない」

その日の夕刻、隊長、岩崎正蔵以下三十五名の第二番隊士は、迎えの駕籠《かご》に乗せられ、横目付戸田寛十郎、下横目付《したよこめつけ》内蔵祐之丞付添《つきそえ》で永田ノ馬場の松平備後守の上屋敷へ送られた。

屋敷へ着くとすぐ風呂へ入れられ、着換の単衣《ひとえ》が出、夕食には焼物と酒がつくという丁重な扱いぶりだった。

夕食後、広間で雑談していると、一同、奥書院へ罷《まか》り出るようにと迎えが来た。隊士達は、このぶんでは、相当、懐柔されるぞなどと囁《ささや》きあいながら廊下を歩いて行った。

襖際に五列になって控えていると、松平備後が出てきた。大きな漆紋のついた黄帷子《きかたびら》の着流しでいかにもくだけたようすである。

「こんど、そちたちを預かることになった。もてなしもできぬが、心置きなくいてくれるように」

肉置《ししお》きのいい膝にゆったりと手を置いて、

「そう固くならんでもよろしい。ひとつ寛いでいろいろ面白い話をきかせてもらいたい……岩崎、お前、もうすこし縁《えん》のほうへ出なさい、そう詰めてはうしろのほうが暑い……ときに、今度の一件だが、外国にたいする朝台の盲屈媚従には、わしもかねがね苦々しく思っている。たとえ相手が先進文明国の使節であろうとも、いわれなき侮辱に耐え忍んでいなければならぬということはない。正しきを正しきとし、非を非とするにはばかることはいらぬ。そういう意味において、このたびそちたちの仕方はまことに溜飲三斗《ど》の思いがした。よくやってくれた……しかし、これは内実、わしの胸の奥にだけあることだ」

　太った喉を見せて寛闊に笑いながら、

「つい本音をはいてしまったが、それはそれとして、岩崎……」

　松平備後の説諭の要旨は、幕府はいま開国の新方針をたて、いろいろな矛盾に悩みながら国運の新開に苦心経営している際だから、些末な意地は捨て、大きく国策に従う志で青沼を謝罪させにやってはくれまいかというのだった。

　岩崎は、振り仰ぐように顔をもたげると、

「いろいろとご理解、恐れ入りました。では、お言葉に従いまして青沼を謝罪に差し遣わしますが、青沼は、しょせん犬以下のものでありますので、人間がましい謝罪の仕方はできかねると存じますから、あらかじめ、そのへんのところを御諒承ねがっておきます」

「なんというか」

「先日、西丸二番隊士青沼竜之助は、モスの守殿に、犬よりも穢らわしいものという非常なるお取り扱いを受けました。われわれは、これは独り青沼のことではなく、西丸歩兵全体……お国民一般に加えられた侮辱であると理解いたし、その恥辱の一端を雪《そそ》ぎたく、斯様《かよう》、憚《はばか》りなく結束いたしておりますが、それをご承知のうえ、強いて青沼を差し遣わされるというのは、われわれ一統をも犬以下のものとお認めになってのことと存じます」

「これ、岩崎……」

「第二番隊におきまして、青沼は歩兵並、もっとも下級の兵卒ではありますが、同じ隊に連なる以上、いわば同死の党中。青沼だけを差し遣わすことは義において忍びませんから、一同挙《こぞ》って真福寺へ推参いたし、ともどもに謝罪いたそうと存じます。先程も申しあげましたように、われわれはとうてい人間のようにはいたしかねますゆえ、犬の仕方で謝罪いたします。幕府の親衛、西丸二番小隊三十五名、御旅館の庭先へ這いつくばりましてワンワンと吠えるつもりでございます。このだん、お許しねがわれましょうか」

　松平備後は一同の気鋒を察したものか、俄《にわ》かに、は、は、は、と笑いほぐして、

「……西丸の歩兵隊が真福寺の広前でワンワンと吠えるとか。これは近頃痛快な話を聞くものだ。いや、そちたちの大気には、備後、真実に敬服した。幕府の親衛、万々歳……よかろう、謝罪のほうはそちたちの心にまかせるが、せめて犬だけは返してやってくれまいか。筋違いだが、わしからも頼む」

　岩崎が、失敗《しまっ》たッ、と膝を打った。

「あれは、もう食してしまいました」

「なに、あの犬を、食したと」

「お国の赤犬はこれまでにだいぶ手がけたが、西洋のむく犬はどのような味がするものか

といいだし、ちょうどこの機《おり》にと、昨日、長屋で試食いたしました」

七

永のお預けと覚悟をしていたのに、どうしたわけか、たったひと夜さ泊っただけで、翌二十六日の朝、匆々《そうそう》、屯営へ追い戻され、長屋で謹慎を命じられた。松平備後は、相当、日数をかけて気長に懐柔するつもりだったが、一同の気鋭におそれをなし一日で匙《さじ》を投げたのだと見える。

一同が西丸の屯営へ帰ると、追いかけるようにしてモスの守《かみ》から一通の封書が届いた。文意は、喰べてしまったというならやむを得ないが、長らく愛護した犬なのでせめて葬いをしてやりたいと思うから、骨だけは返してもらいたいというのである。

真木は手紙を柴田へ返しながら、

「柴田さん、モスの守は、どうでも屈せぬところをわれわれに見せつけようというのですな。笑止千万だよ、かまうことはない、ほんとうにあの犬を喰って骨にして叩き返してやろうじゃないか」

岩崎も顔へ怒気をあげて、

「向うがこういう出方をするなら、こっちにも考えようがある……よし、誰か行ってあの犬を引き擦《ず》ってこい」

「よし、おれが行く」

銃兵並の井上又介がそういって飛び出して行ったが、まもなくぼんやり帰って来た。

「煙硝倉まで探してみましたが、どこにもおりません」

「そんなはずはない。青沼はどこへ行った。青沼を探して聞いてみろ、あいつが知っている」

そういっているところへ、青沼がブラリと帰って来た。いつものように冴《さ》えない顔つきで、手に野菊の花を持っている。

浅井金八郎が、おう、とそっちへ顔をむけて、

「先生、ご散歩でしたか……誠に申しかねるが、ちょっと行って、あのお犬さまをここまでお連れねがえませんか」

青沼は、ねむそうな眼で高木の顔を見て、

「あれをどうするんです」

浅井が、モスの守の手紙の入訳を話すと、青沼はゆっくりした声で、

「じゃ、ほんとうに喰ってしまうんですか」

「そうだ」

「それはいけません、犬には罪はない」

小野が立ち上って来た。

「なんだと。てめえのために、みながこんな大騒ぎしているのがわからねえのか」

「わかってます」

「わかっているなら、渡せ」

「いやだ」

「そうか、出したくなかったら出すな。探し出してどうでも喰ってやるから……てめえ、目障《ざわ》りだ、あっちへ行ってろ」

青沼はのっそりと出て行ったが、正午の拆《たく》が鳴るとまたぶらりと帰って来た。

一同、部屋の真中へ七輪を持ちだし、大鍋でなにか獣肉のようなものをグズグズ煮込みながらさかんに昼食をしている。

青沼が入ってきたのを見ると、津田が顔をあげて、

「おい、竜、うまく隠しやがったな、お前には負けたよ。これァ、むく犬の肉じゃねえから安心して喰いねえ」

「これァ、なんです」

「なんでもいいじゃねえか、まあ、喰え」

青沼は鍋の肉を、一片《ひときれ》、口へ入れて、

「これは美味い」

「うめえだろう、美味かったらもっと喰え」

「いただきます。だが、これはなんの肉でしょう」

小頭の柴田が、おっかぶせるようにいった。

「これは、お前の三太郎の肉だ」

「えッ」

「なまじっか、むく犬をかばいたてしたりするからだ。俺達はどうでも犬の骨が要る……悪く思うなよ」

青沼は茶碗を置くと、俯向《うつむ》いてポロリと大きな涙をこぼした。

柴田は、居直って、

「おい、竜、口惜《くや》しいか」

「はッ」

「口惜しかったら、そこにある三太郎の骨をモスの守へ叩きつけてこい。おれたちはほんの浅黄《あさぎ》幕よ、これからは大名題《おおなだい》の働きどころだ。お前も日本男子だろう、自分で行って幕を開けてこい」

青沼は空《から》囲炉裏のほうへ膝行《いざ》って行き、そこに置いてあった竹皮包《たけのかわづつみ》を取り上げてジッと眺めてから懐中《ふところ》に入れ、例の冴えない顔でのっそりと立ち上った。

八

真福寺の裏藪に蚊柱が立ち、その唸り声が風のさやぎのようにこの書院まで聞えてくる。

檐《ひさし》が深いので日射は差しこまないが、庭からくる照りかえしでむせるように暑い。卓の上の皿へ輪切りにして盛った鳳梨《あななす》に真黒に蠅がとまっている。

「ひどい蠅だ」

メルメが僧服の袖で蠅を追った。

「ベルクールさん、この辺じゃ昼間から蚊帳《かや》を吊ります、緑色のやつを……あなたのいられるほうはどうですか」

丸窓のそばの長椅子で煙草を喫っていた公使のベルクールが卓のほうへ立ってきた。

「蚊はいませんが神奈川街道に近いので蠅がたいへんんだ。とてもこんなもんじゃありません」

書院の隅で短銃《ピストル》の手入れをしているモーズ侯爵のほうへ振り返って、

「モーズさん、この蚊と蠅で日本にたいする美的印象をだいぶ破壊されたことでしょうな」

モーズは短銃の薬室を覗いたまま返事もしなかった。

グロー男爵は丸い赤い頬へとりなすような微笑をあげて、

「モーズ君が印象を悪くしたのは、蚊でなくて人間さ……だが、ここでは、有名な『決闘用の短銃』だけは使ってもらいたくないもんだ」

メルメは意味あり気な眼付でチラとベルクールの顔を見て、

「それにたいしては、わたしもグロー男爵と意見を同じくする光栄をもっています。フランスでは決闘は一つの儀式だが、それをそのまま未開国に適用させることはできない。短銃の持ち方も知らない人間に決闘を強いるのは態のいい虐殺ですからな。耶蘇《やそ》会員の一人としてではなく、人類の一人として、わたしはそういうやりかたには……」

ベルクールが恍《とぼ》けてたずねた。

「犬の事件は聞きましたが、つまり、それで……」

グローがピクンと肩を聳やかした。

「ここを警衛していた兵隊が、モーズ君の犬を喰っちまったんだ……まあひどいにはひどい」

モーズが手巾《ハンカチ》で手を拭きながら三人のいるほうへやってきた。

「やあ、どうも失敬……それでね、ベルクール君、君を決闘の介添人に撰んでいるんだが、お願いできるかしら」

ベルクールは困惑した顔で、

「わたくしはともかくとして、グロー男爵はそういうことをあまり好んでいられないようですが」

「グロー君の意見なんかどうでもいい。僕は君の返事を聞いているんだ」

「わたしはここでフランス公使という役をしていますが、そういう地位にあるものが、果して決闘の介添人になる資格があるかどうか、ひとつ研究してみる必要がありますな」

「いやならよろしい。無理にとはお願いしないが、僕の決闘についてなにか誤解している点があるようだから釈明しておこう……グロー君、君はこんどの日仏条約で使節という役を買って出てひどく外交官ぶっているが、君が今していることは商人のする仕事にすぎん……ベルクール君、君もそうだ。役柄は公使でもやはり仲買人の仕事の域を出ていない。それから、メルメ君、君は耶蘇会の僧服を着ているが、しょせん、一介の通弁にすぎない」

グローは手巾を出して大袈裟に額の汗を拭きながら、

「汗が出たよ」

「いくぶん礼儀《デリカシイ》を欠くが、これは嘘じゃない。そういうわけで、ここには本当の意味の外交官というのは一人もいない。それで、僕がそのほうを引き受けようというんだ。これが僕に決闘を決意させた重大な動機の一つだ」

メルメが禿げあがった額を撫でた。

「外交的決闘……なるほど。だが、もうすこしくわしく話していただかないと……」

「メルメ君、僕に釈義をさせようと思うなら、もうすこし、真面目な態度をとらなくてはいかんね」

モーズ侯爵は、螺鈿《らでん》の置戸棚へ肱をかけると、例のきびしい眼付でメルメの顔を瞶《みつ》めながら、

「われわれは、まず、日本でどういう取り扱いをうけたか思い出してみる必要がある……その素因はもちろんフランスの対外政策の欠陥の中にあるのだが、とにかく、えらい恥の掻かされかただ……まったくひどい慌てかただったね。遅ればせながらフランスもこんどの開港条約に加わることになったが、さて、使節の乗る軍艦というのが一艘もない。躍起《やっき》になってようやく船の形をしたものを掻き集め、辛うじて威容だけは整えたが、われわれ

が軍艦と見せかけているもののうちの二艘は上海で借り入れたボロ汽船だ……プレジュウ号を通報艦などと僭称しているがもとを洗えば捕鯨船だ……僕がいわなくても、この辺のところは諸君がよくご存じだ」

「その軍艦を周旋したのは君だった」

「そのとおりだよ、グロー君……それは、使節たる君を戎克《ジャンク》で日本へ乗り込ませるに忍びなかったからだ……英国と米国が堂々たる艦隊を見せびらかして引き揚げて行ったすぐあとへ、われわれはそういうみじめなていたらくで乗り込んできた……伊豆の下田へ入港した朝は靄がおりていて船の檣《ほばしら》だけしか見えなかった。下田の役人が来て丁重にわれわれを歓待した。ところが、そのうちに靄が霽《は》れて艦隊の正体が暴露すると、急に掌《てのひら》をかえすようなの冷淡なようすになって、大君《タイクン》の喪中だとか、コレラが流行っているとかといってわれわれの上陸を拒もうとした。僕はフランス国民の一人として、あの時くらいみじめな思いをしたことがない……この宿舎ではどうだ。われわれは乾酪《フロマージュ》と乾麵麭《ビスコット》で辛くも命をつないでいる。これは露営だ。なんとしても使節にたいする待遇だとは思われない。われわれが毎日ここでやっていることをフランスの主婦たちに聞かせたら、恐怖のあまり卒倒するだろう……この部屋の家具を見たまえ、これは露国使節が置いて行ったものだ。われわれはそれを借用して寝起きに事を欠かぬ程度にやらせてもらっている……これについて諸君にはなにも感想はないか。ところで、僕には大いにある。フランスの体面のために、こういう扱いに甘んじてばかりいられないということだ……反省してみると、われわれがこんなに軽《かろ》しめられるようになったのは、最初からこちらの威容に欠けるものがあったからだ。この際、国民の義務としても、なにかの方法でフランスの威信を回復して確実に日本人に記憶させる必要がある。諸君は駆引だけを外交と心得ていられるようだが、僕は、外交とは国と国との精神の戦いだと信じているからだ……メルメ君はこの決闘を虐殺だといったが、果してそうかしら……なるほど僕は短銃《ピストル》の名人だ。自分の名誉を保持できるようにいつでも決闘用の短銃を持って歩いている。しかし、日本人が短銃を手にしたことがないときめてかかるのは偏見だ。日本人は武器を扱うことに天稟《てんぴん》の才能をもっているそうだからひょっとすると案外僕のほうが殺《や》られてしまうかもしれない。それから、もうひとつ……日本は勇武の国だという。しかし、フランス人である僕も勇気において欠けるところがあるとは思わない。日本の勇武とはいったいどんなものか、この機会にキッパリと見届けてやりたいと思うのだ。あの日本人が、もしも卑怯な態度を示したら、勇気に関するかぎり、今後、日本人に絶対に大きな口をきかせない。同時に、僕のほうがあの名もない一介の兵隊にやっつけられたら、僕は天国か地獄で、日本人の勇気のために喇叭《らつぱ》を吹き鳴らしてやる」

庭先へ、田村宗三が顔をだした。

「ムッシュウ・モーズ……兵隊が、リュリュの骨をお届けに来たといっております」

モーズは、ちょっと顔をひき緊めて、

「どうか、ここへ」

庭の枝折戸《しおりど》から肌の艶の悪い貧相な兵隊が入って来た。あの朝の男だった。縁先まで進んで来て、大きな葉のようなものに包んだ包みをその端に置くと、命令を待つように居すくまったままなにか低い声でボソリと呟いた。

モーズが田村にたずねた。

「この男はなにをいっているのかね」

「御用はこれだけかとたずねています」

「犬の骨のお礼に、明日、決闘状がそちらへ届くからと、よくわかるようにいってやってくれたまえ……本来なら、鞭《むち》でぶちのめして、犬のように吠えさせてやるところだが、君を紳士に扱ってやるのは、僕の最上の憐憫だと……」

九

海の上がほの白くなった。

払暁《ふつぎょう》のあのひと時を吹く海風が、御殿山の葉桜の枝をしずかにゆすっている。

岡の上にはまだ人影がなく、遠い茶店の葦簀《よしず》の廻りをリュリュがひとりで面白そうに飛んで歩いている。

鋳鐘《いかね》の松の下に三十人ばかりの一団が、真中へ一人の男を押し包むようにして円座をつくっている。円座の真中に膝を折って坐っているのが青沼で、それを取包《とりま》いているのは西丸二番隊、岩崎正蔵以下三十四人である。

岩崎が激したようなようすで口を切った。

「昨夜《ゆうべ》から同じことを繰り返しているのだが、どうだ、竜、おれたちのいうことをきいて断ることにしないか……短筒《たんづつ》なんかごめんだ、刀でならやるといや、けっして恥にはならん」

青沼は叱られている子供のように膝に手を置いて頭を振った。

「いやです」

柴田が宥《なだ》めるようにいった。

「だが、どうしたって、お前を殺すわけにゃいかん……実際、われわれもやりすぎた。骨まで送りつけるこたぁなかったのだ。まさか決闘などといいだそうとは思わなかったよ……だから青沼……」

「いやです」

津田栄吉が青沼の肩に手を掛けて、迫ったような声でいった。

「竜、それじゃ、お前、どうでもやる気か」

「わたしが死んだら、モスの守にリューを返してやってください」

「そうか、しょうがねえな……ねえ、岩崎さん」

岩崎がうなずいた。

「じゃ、もうとめまい……実際、馬鹿なことをしたよ」

青沼がペコンと頭をさげた。

「すみません」

「馬鹿、お前が謝ることぁない……じゃ、竜、しっかりやるんだぞ」

「はッ」

真木が青沼の手を握った。

「一心こめて狙えよ、きっとあたる」

「はッ」

小野が、いった。

「勝つ、勝つ……かならず勝つと思えよ」

「はッ」

……八間ばかり間隔をおいて、モスの守と青沼が向き合って立っている。どちらの手もドッシリと重そうな短銃《ピストル》を握って、それを垂直に地面に垂らしている。

フロックを着たモスの守と黒木綿のダンブクロをはいた青沼との対照はまことに妙で、決闘の場などという厳粛な感じを起させない。いまにも両方から歩み寄ってのどかに挨拶でも交しそうなようすである。

二人から少し離れた桜木立の下に、岩崎とクロの守と田村宗三の三人が集って相談をしている。ときどき岩崎が合点をする。決闘の段取の打合せをしているのである。

まもなく、岩崎が青沼の傍へ戻ってきてなにか囁く。青沼が丁寧にうなずいている。

ベルクールが手巾《ハンカチ》を手に持って進み出てきて、ゆっくりとそれを振った。

モスの守が短銃をあげて青沼の胸のあたりを狙った。銃声。白い煙。

青沼は、依然としてぼんやり立ったままでいる。

ベルクールがまた手巾を振った。こんどは、青沼が短銃をあげてゆく。肩の高さまであげ切ったとき、なにを思ったのか無造作に短銃を地面へ投げだした。

「お前のような犬っころを殺してみたって始まらない、ゆるしてやる」

モスの守は、瞬間、青沼の顔を睨め、それから、いま青沼がいったことを通訳しろというふうに田村のほうへ振り返った。田村がモスの守のほうへ走って行ってなにか囁いた。見る見るモスの守の顔に怒気が溢《あふ》れ、いきなり短銃を投げ捨てると猛然と青沼のほうへ走り寄って摑み潰すような勢いで青沼の肩先を摑んだ。

ちょっとの間、二人の身体は窪みになった芝草の上で揉み合っていたが、まもなく体積のあるモスの守の大きな身体が鮮かな半円を描いて地面の上へ叩きつけられた。

「おお！」

「おお！」

ベルクールとクロの守がほとんど同時に叫んだ。次の瞬間、青沼がモスの守の胸の上に馬乗りなって悠々と喉輪を攻めていたからである。

茶店のうしろから二番隊士が走り出してきてその廻りを取り巻いた。クロの守も走ってきた。田村宗三も走ってきた。

青沼は田村宗三の顔をふり仰いでたずねた。

「田村、ごめん、というなぁ、仏語でどういうんだ」

「パ、ル、ド、ンというんだ」

「重ね重ねだ、もうゆるさない。おい、モスの守、パルドンといえ」

モスの守が首を振った。

青沼はニヤリと笑うと、グイと手先に力を入れた。いつも血の気の多いモスの守の顔は葵《あおい》の花のように赤紫になり、顳顬《こめかみ》の血管が膨《ふく》れあがって見るもすさまじい形相になった。

「おい、パルドンといえ」

モスの守がまたかすかに頭を振った。

青沼は拳《こぶし》の羽交いを力任せにモスの守の喉へ喰い込ませながらゆっくりと呟いた。

「そうか……じゃ、まぁ死ね」

この時、隊士の股の間をすりぬけてリュリュが走り込んできた。久し振りで見る主人にすっかり夢中になって、やたら身体を振りながらどこ嫌いなくモスの守の顔を舐めあげた。モスの守はチラとリュリュを見、ギクと顎を震わせ、垂れるように瞼《まぶた》を閉じるとガックリと草の上へ頭を落してしまった。


九月三日、仮条約書の取替《とりかわせ》がすんだあと、モスの守は短銃《ピストル》四挺を幕府に献上し、講武所で短銃射撃の秘伝を伝授した。伝授をうけたのは青沼竜之助である。

ジャン・フランソア・ド・モーズの「日本回想録《ル・メモリアル・ドュ・ジャポン》」に次のような一節がある。

「……その最下級の兵卒は、まだ短銃を手にしたことがなかった。私を射撃する番になり、その瞬間、彼はこうかんがえた。日本人がまだ短銃を扱った経験がないことを外国人に知らせるのは不得策であると。そして、万一、未熟な射ち方でもしたら日本人全体の恥辱になる、と……彼は勇気とともに良識においても欠けるところがなかったのである。

　もとより、私は最初からこの下級の一兵卒を殺傷する意志はもっていなかった。しかし、私の放った弾丸は、正確に彼の右耳の一糎《センチ》上を掠《かす》め去ったはずである。彼はビクともせず、むしろ私を軽蔑するような眼付をした。これは驚くべきことであった。なぜなら、私の狙いの中に、私に彼を殺す意志を欠いていることをはっきりとその兵卒は見抜いていたからである」

犬の八公

豊島与志雄

一

或《あ》る山奥の村に、八太郎《はちたろう》という独者《ひとりもの》がいました。呑気《のんき》な男で、皆のように一生懸命に働いてお金をためることなんか、知りもしないし考えもしないで、のらくらとその日その日を送っていました。食物がなくなると、日傭稼《ひやといかせ》ぎに出たり、遠い町へ使いに行ったりして、僅《わず》かの賃金を貰ってきて、それで暮していました。

その八太郎が、或《あ》る日、やはり遠い町へ使《つかい》に行った時のことです。用を済《すま》してぼんやり帰りかけると町外れの木の下に、白と黒との小さな子犬が二匹、一つ処《ところ》にかたまって、くんくん泣いていました。雨が少し降りだしていまして、その雨の雫《しずく》が木から落ちかかる度に、二匹の子犬はさも悲しそうに泣きたてるのです。

八太郎は暫《しばら》くつっ立って、不思議そうに子犬を見ていました。彼の山奥の村には、まだ犬が一匹もいませんでしたから、彼にはその子犬が珍らしかったのです。

すると子犬は、くんくん泣きながら、彼の足元に寄ってきました。

「捨てられたんだな。可哀《かわい》そうだなあ。……俺が拾っていってやろう。」

八太郎はそう独語《ひとりごと》を云って、二匹の子犬を拾い上げて、懐の中に入れてやりました。子犬は温《あたたか》い懐の中で、嬉しがって鼻を鳴らしました。

「よしよし、俺が育ててやる。」

八太郎は雨の降る中を、傘もささずに、二匹の子犬を懐の中に抱いて、山奥の村へ帰って行きました。

二

八太郎が子犬を二匹拾って来たことは、すぐに村中の評判になりました。前に言った通り、まだ犬なんか一匹もいない村でした。

「あんな貧乏な八太郎が、犬なんか拾ってきてどうするのだろう。」と或る者は云いました。

「犬なんて、金持か町人かの慰み物だのにね。」と或る者は云いました。

「呑気者《のんきもの》のすることは違ったものだ。今に自分も犬と一緒に腹を空《す》かすようになるまでさ。」と或る者は言いました。

然《しか》し八太郎は一向平気でした。その白と黒との二匹の子犬が、まるまると肥《ふと》って、ふざけ散らしてるのを見て、さも嬉しそうに笑っていました。村の子供達がまた始終、犬を見にやって来ました。そしていろんな食べ物を持ってきてくれました。八太郎は犬のために特別に働かなくても済みました。

犬は見る見るうちに大きくなり、一年二年たつともう立派な親犬になりました。一匹のが男で、一匹のが女でした。そして、二年目の末には、女犬が四匹子供を産みました。

八太郎はびっくりしました。

「ほう、一度に四匹も産むのかな。」

子犬は四匹とも、元気に丈夫に育ちました。

ところが、それからが大変です。親犬は一年に二度ずつ、一度に四匹も五匹も、子供を産みました。子犬もやがて親犬になって、それがまた子供を産み初めました。八太郎の家はもう犬で一杯で、わんわん、くんくん、吠えたり鳴いたり、喧嘩したりふざけたり、大変な騒ぎでした。

村の人達は呆《あき》れ返りました。彼のことを八太郎という者はなく、いつのまにか犬の八公というようになっていました。

「やあ、犬の八公さんか、犬共の御機嫌はどうですか。」

誰《たれ》でも彼に出逢うと、そんな風に挨拶しました。

「ははは、みんな元気ですよ。」と犬の八公は笑いながら答えました。

けれども、実は笑いごとではありませんでした。もう村の子供達も犬にあきて、食物《たべもの》を持って来てくれる者がありませんでした。犬の八公は一人で、何十匹もの犬を養わなければなりませんでした。自分一人が漸《よう》く食べてゆけるだけの貧乏人でありましたから、いくら一生懸命に働いても、そう沢山の犬を養うことはとても出来ませんでした。その上、これからまた、犬は次から次へと子供を産んでいって、どれだけふえるか分りませんでした。

「困ったなあ。」

犬の八公は途方にくれて考えてみました。然《しか》し、犬を一匹でも捨てる気にはどうしてもなれませんでした。

一日どこへ行っても仕事がなくて、ぼんやり戻ってくると、犬達は腹を空《す》かして待っています。

「おう、みんな腹が空《す》いたろう。」

犬の八公はそう云って、泣きたい思いをしながら家に残ってる食べ物をみんな、犬にやってしまいました。

「もうこれきり、お金も食べる物もなくなったよ。明日の朝は何にもないんだ。それに俺の仕事もないときてる。我慢してくれ、な、我慢してくれ。その代り、こんど仕事があって稼《かせ》いできたら、うんと御馳走《ごちそう》してやるからな。」

彼はそう犬に云って、泣きながら布団をかぶって寝てしまいました。犬達も彼の言葉が分ったか、土間におとなしく並んで、じっとしていました。

三

翌日の朝、犬の八公は遅くまで寝ていました。起き上ったところで、どうせ稼ぎに出る仕事もないし食べる物もないし、寝てる方がましだったのです。

ところが、犬達が朝早くから、わんわん騒ぎ出しました。しまいには座敷へ上《あが》ってきて、彼の布団を引きはがそうとします。彼は初め、それを叱っていましたが、とうとう仕方なく起き上りました。

起き上ってみるとびっくりしました。庭の隅《すみ》の莚《ござ》の上に、鶏や鯉や鮒や芋や蕪《かぶ》などが、山のようにつみ重ねてあって、そのまわりに犬達が並んでいます。

「ほう、これは……。お前達が持ってきてくれたんだな。有難い、有難い。」

犬の八公は急に元気づきました。そして、鶏や魚や野菜を料理して、犬達と一緒に食べました。四五日では食べきれないほどありました。

ところが、村では大変な騒ぎでした。俺のところの鶏がいなくなった、俺のところの池の魚が見えなくなった、俺のところの畑が荒された……とあちらでもこちらでも騒ぎです。そしてそれがみな一晩のうちの出来事です。それからだんだん調べてみるとみな犬の八公のところの犬達の仕業と分りました。

村の人達は腹を立てて、犬の八公のところへ押しかけて来ました。

犬の八公は話を聞いて、またびっくりしました。そして犬達を叱《しか》りながら、もう二度とこんなことはさせませんと村の人達に誓いました。

「お前が知らないことで、犬の畜生共のしたことなら、こんどだけは許してやろう。その代り、二度とこんなことをしたら、もう容捨はしないからね、よいか。」

「いいえもう、決して……。」

彼の堅い約束をきいて、村人達は帰ってゆきました。

彼は困りました。自分のためにしてくれたのですから、犬達をひどく叱るわけにもゆきませんし、それかって、村人達から怨《うら》まれたら、この後仕事に雇って貰えないかも知れません。

「まあいいや、そのうちにどうにかなるだろう。」

呑気《のんき》な性分からそう諦めて、彼は犬達と一緒に、鶏や魚や野菜の御馳走《ごちそう》を食べました。四五日は大丈夫でした。彼も犬達も腹が一杯になり、元気になり陽気になって、飛び廻ったりはね廻ったりしました。

そして御馳走《ごちそう》がだんだん無くなってくると、彼も犬達もまたしょげ返りました。彼は腕をくんで首を垂れ、犬達はそのまわりを取巻いて、黙って考え込みました。

四

するうちに、或る夜中のこと、村の真中《まんなか》で大騒動が起りました。犬が一匹吠え出したのをきっかけに沢山の犬が吠《ほ》え出して、やがて一団《ひとかたまり》になって、激しい争いを初めました。それが普通と違って、死にもの狂いの騒ぎだったものですから、村の人達は皆眼を覚して、飛び出してきました。

見ると、真黒《まつくろ》な着物をきた男が、四方から犬にとり巻かれて、身動きも出来ないで地面につっ伏しています。見馴れない男です。犬の八公のところの犬達です。

犬の八公も飛び起きてきました。犬達を押しのけて、真黒《まつくろ》な着物の男を引捕《ひつとら》えました。調べてみると懐に一杯お金をつめこんでいます。泥坊《どろぼう》なんです。村一番の金持のところにはいって、お金を盗み出したところを、犬達に見付かったのです。

村の人達はお金をすっかり取戻《とりもど》し、泥坊《どろぼう》を袋叩《ふくろたた》きにして追っ払いました。

そのために、犬の八公は大変得意になりました。犬達はなお得意でした。そして村の人達は、初めて犬の有難いことを知りました。毎日汗を流して働いてためたお金を、泥坊《どろぼう》に盗まれてしまっては、これほど馬鹿げたことはありません。

「犬の八公さん、」と金持の主人は云い出しました、「私に犬を一匹譲ってくれませんかね。」

すると村の人達は、私にも、私にも……と、四方から犬をほしがりました。

「へえー……ですが私は、犬を手放すのが措しくてどうも……。」

犬の八公は、一匹でも犬を人手に渡すのが、悲しいような惜しいような気がして仕方ありませんでした。

そこで、村の人達はいろいろ相談した上で、犬達を村全体の番人にして、犬の八公をその係りとすることにし、犬の八公と犬達との食べ物は、一切村から出すことにしたいと、そう云い出しました。犬の八公も、それならばと喜んで承知しました。

五

それからは、もう何の心配もありませんでした。犬の八公は毎日、犬達を相手に、ぶらぶら遊んでおればよいのでした。

村の人達も安心でした。犬の八公とその犬達とがおれば、泥坊も何も恐《こわ》いことはありません。昼間は云うまでもなく夜分でも、家《うち》を空けて構いませんし戸を開いたまま眠っても構いません。小さな子供のある家《うち》では、犬達が遊び相手になってくれますので皆で田圃《たんぼ》に出て働くことも出来ます。

ところが、そのうちにも、犬は次から次へと子供を産んで、次第に数がふえてきました。

「ほほう、よく産むなあ。」

そう云って、犬の八公はにこにこしていました。

けれども、村の人達はやがて眉をひそめるようになりました。もう村中犬だらけになっていました。その調子で犬がふえていったら、後にはどうなるか分りませんでした。犬の数が人間の幾倍にも幾倍にもなっていったら、その食物ばかりでも大変です。

犬の八公が沢山の犬を引きつれて歩き廻ってるのを見て、村の人達は小声で囁《ささや》き合いました。

「どうかしなくっちゃあ……。」

「どうしたものかな……。」

そしてとうとう或る日、村の重立った人達が犬の八公のところへ来て、犬の数を何とか出来ないかと相談しました。

「へえー、なるほど、犬の数が多すぎると云うんですね。」と彼は答えました。「そこで、犬に子供を産ませないようにするか、産まれた子供を殺してしまうか、まあそれより外《ほか》に仕方はないわけですが……然《しか》しそんなことは、どうも私には……。まあ考えてごらんなさい。これがもし人間だったら……。」

「人間だったら……。」

そこで村の人達は、何とも云いようがありませんでした。

犬の八公と村の人達とは、不満のまま別れました。

犬の八公はむっつり考え込んでしまいました。そのまわりには多くの犬が、大きいのや小さいのや、ずらりと並んで、心配そうに彼の顔を眺《なが》めていました。

翌日、犬の八公と多くの犬達とは、もう村にいませんでした。

村の人達が騒ぎ出しました。がいくら探しても、一匹の犬の姿も見えませんでした。何処《どこ》へ行ったのかも分りませんでした。

多分、犬の八公がその犬達をみんな連れて、遠く山の奥へでもはいってしまったのだろう、と村の人達は想像して、心配なような安心なような気持になりました。心配なのは、泥坊のことでした。安心なのは、やたらに犬の数がふえる恐れのなくなったことでした。

そしてそれきり、犬の八公とその犬達とのことは、全く分らなくなってしまいました。

犬

正岡子規

長い長い話をつづめていうと、昔天竺《てんじく》に閼迦衛奴《あかいぬ》国という国があって、そこの王を和奴々々王というた、此王も此国の民も非常に犬を愛する風があったが、其国に一人の男があって王の愛犬を殺すという騒ぎが起った。其罪でもって此者は死刑に処せられたばかりで無く、次の世には粟散辺土《ぞくさんへんど》の日本という嶋の信州という寒い国の犬と生れ変った。ところが信州は山国で肴《さかな》などいう者は無いので、此犬は姨捨山《うばすてやま》へ往て、山に捨てられたのを喰うて生きて居るというような浅ましい境涯であった。然るに八十八人目の姨を喰うてしもうた時、ふと夕方の一番星の光を見て悟る所があって、犬の分際《ぶんざい》で人間を喰うというのは罪の深い事だと気が付いた。そこで直様《すぐさま》善光寺へ駈《か》けつけて、段段今迄の罪を懺悔《ざんげ》した上で、どうか人間に生れたいと願うた。七日七夜、縁の下でお通夜して、今日満願という其夜に、小い阿弥陀《あみだ》様が犬の枕上に立たれて、一念発起の功徳《くどく》に汝が願い叶《かな》え得さすべし、信心怠《おこた》りなく勤めよ、如是畜生発菩提心、善哉善哉と仰せられると見て夢はさめた。犬は此お告《つげ》に力を得て、さらば諸国の霊場を巡礼して、人間に生れたいという未来の大願を成就《じょうじゅ》したい、と思うて、処々経めぐりながら終に四国へ渡った。ここには八十八箇所の霊場のある処で、一箇所参れば一人喰い殺した罪が亡びる、二箇所参れば二人喰い殺した罪が亡びるようにと、南無大師遍照金剛と吠《ほ》えながら駈け廻った。八十七箇所は落ち無く巡って今一箇所という真際《まぎわ》になって気のゆるんだ者か、其お寺の門前ではたと倒れた。それを如何にも残念と思うた様子で喘《あえ》ぎ喘ぎ頭を挙げて見ると、目の前に鼻の欠けた地蔵様が立ってござるので、其地蔵様に向いて、未来は必ず人間界に行かれるよう六道の辻へ目じるしの札を立てて下さいませ、此願いが叶いましたら、人間になって後、屹度赤い唐縮緬《とうちりめん》の涎掛《よだれかけ》を上げます、というお願をかけた。すると地蔵様が、汝の願い聞き届ける、大願成就、とおっしゃった。大願成就、と聞いて、犬は嬉しくてたまらんので、三度うなってくるくるとまわって死んでしもうた。やがて何処よりともなく八十八羽の鴉《からす》が集まって来て犬の腹ともいわず顔ともいわず喰いに喰う事は実にすさまじい有様であったので、通りかかりの旅僧がそれを気の毒に思うて犬の屍《しかばね》を埋めてやった。それを見て地蔵様がいわれるには、八十八羽の鴉は八十八人の姨の怨霊である、それが復讐に来たのであるから勝手に喰わせて置けば過去の罪が消えて未来の障《さわ》りが無くなるのであった、それを埋めてやったのは慈悲なようであって却て慈悲で無いのであるけれども、これも定業《じょうごう》の尽きぬ故なら仕方が無い、これじゃ次の世に人間に生れても、病気と貧乏とで一生困《くるし》められるばかりで、到底ろくたまな人間になる事は出来まい、とおっしゃった……。というような、こんな犬があって、それが生れ変って僕になったのではあるまいか、其証拠には、足が全く立たんので、僅《わずか》に犬のように這い廻って居るのである。

犬

田山花袋

「馬鹿に鳴くね。大きな犬らしいね」Bを見送りに来たMが言うと、すぐ傍《そば》の籐椅子に腰をかけていたT氏は、

「H領事の犬だろう？　先生方も今日立つ筈だからね」

その犬の悲鳴する声は、甲板の下のハッチのあたりから絶えずきこえて来た。小さな箱の中に入れられて、鉄の棒の間から鼻を出したり口を出したりして、頻りに心細がって鳴いているのであった。

「Hさん、何処に行くんですか？」

Mが訊いた。

「赤峰《せきほう》にやられてね」

「赤峰――それは大変ですね？　それで奥さんも一緒ですか？」

「そうだよ」

「それは大変だ――」

「でもな、ああいう人達はそういうところから階段を経なくてはならないからね？　まア一二年仕方がないさ――」

「それでも奥さんがえらいですな。まだ若いのに、赤峰っていえば北京《ぺきん》から十日もかかるっていうじゃありませんか？」

「でもな、細君でも一緒につれて行かなければ、一月だってあんなところにいられやせんからね」

「それはそうですな。それにあの奥さん子供はないし、美しいし、置いて行くわけにも行かないでしょうからな」

Bは黙って聞いていたが、しかもそうした会話の中《うち》に若い美しい細君を発見せずにはいられなかった。Bは一種ロマンチックな情緒を感じた。

Bは海を眺め、煙突から湧き上る煙を見、遠く港外に漂っているジャンクの帆を見廻したりなどしていたが、しかも間もなく桟橋から船へとのぼって来るその夫妻の姿を見落しはしなかった。それに、今日の船旅では、尠《すくな》くともその人達が一番多く見送人を集めていたので、その周囲にはいろいろな色彩が巴渦《うず》を巻いて、裾模様がチラチラしたり、ダイアの指環がかがやいたり、派手な水色のパラソルに日影が照ったり、出帆の時刻が近づいて行くにつれて、談話が囁きに、囁きが歔欷《きょき》に、次第に別離の光景をそのあたりに描き出すようになって行った。

若い細君は軽快な洋装に水色ボンネットをつけて、宝石の首飾をあたりに見せていたが、ふと此方《こっち》を振向いた顔には、美しい眉と整正《せいせい》な輪廓と大きい黒い眼とがかがやいた。やがてT氏の紹介でBはH夫妻と挨拶を取り交わしたりなどした。

T氏もMも、H夫妻を見送りに来た人達も皆な桟橋の方へと下りて行った。やがて汽船は出帆した。岸でも船でも長い間互いに手巾《ハンケチ》を振っていたが、それもいつか遠く小さくなって行った。

Bの船室から右舷の方へと出て行くところに、ひとり立ってじっと海を眺めている若い美しい女――それは一目で狭斜《きょうしゃ》の人であるということがわかったが、さっきBが夫妻を見た時には、その女が送って来ている待合のお上《かみ》らしい年増とさびしそうにして何かこそこそ話しているのが眼に着いたが、（天津《てんしん》にでも鞍替するのかな）と思ったが、今またその白い頬とさびしい眼とがわるくBの体に迫って来るのを感じた。Bはその傍《かたわら》をそっと掠めるようにして向うの方へと行った。

Bにはそういう人達のことが何も彼もはっきりとわかるような気がした。つかんでもつかんでもつるりと抜けて行って了うような男の心、浮気な男の心、それは女の方でも破れた草鞋《わらじ》でも捨てるように惜しげもなしに捨てて捨てて来てはいるけれども、しかも何うかして、その男の心を一つはつかまずにはいられないために、そうした女達はこうして遠く海を渡って行くのではないか。不知案内《ふちあんない》のさびしい海をもひとりさびしくわたって行くのではないか。（それから思うと、何んなに遠いところでも、どんなに不知案内の砂漠の中でも、ひとつの男の心をしっかりとつかんで、それに縋って、何処までも何処までも行こうとするH夫人の方が何れだけ幸福だろうか。同じさびしさにしても何れだけ力強いさびしさであろうか――）Bはじっと夕暮近い海を眺めた。

幸いに航路は穏かで、心配した濃霧もかからずに茫《ぼう》と静かに海は暮れて行ったけれども、しかもさびしさは遂に遂にBを離れなかった。Bは波濤の舷側に当る音を耳にしながら、長く寝床《ベット》の上に身を横《よこた》えた。

そのすぐ向うには、社用で天津に行こうとしているまだ若い三十二三になったかならないくらいの会社員のKが雑誌を持って坐っていた。

　Kは雑誌を爪《つま》さぐりながら、頷《あご》で向うを指し示して、

「そこに立っていましたろう？」

「あ、女ですか？」

「そうです……あれは大連《たいれん》でも売れ妓《こ》でしたんですがね？」

「御存じですか？」

「え、二三度……。何でも大きな油房《ゆぼう》か何かを持っている人の持ものだってきいていましたがね？　何うして天津になんか行くんですかな？」

「もうあっちに行ったきりなんですか。何か用事でもあって行くんじゃないんですか？」

「行ったきりだそうです？　さっきちょっときいたら、そう言っていました……」

「無論いろいろなことがあるんでしょう？」

「割合に評判のわるくない妓《ほう》でしたんですけど……矢張、ああいう人には、わるい虫がつきやすいですからな」

「何うもしようがありませんな。矢張、女だって、何うかしてひとりをしっかりつかもうとしますからな」

「本当ですよ。ああいう社会でも存外そうですな」

「浮気な稼業だけに猶おそうですよ。そして、あの女にもそういう虫がついているんですか?」

「いやそういうわけじゃないでしょうけども――私はそう深く知っているわけでもないんですけども」

「何《なに》っていうんです?」

「名ですか?　徳子《とくこ》です」

「それでも、大連にも随分好い芸者がいますか?」

「私なんかにはよくわかりませんけれど、随分好いのがいるようです?」

「あなた方の仲間にも随分遊ぶものがありますか?」

「駄目ですな。まだ巣立ったばかりですから……。もう少し経てば、そういうことも出来ますが、今では――」

「お子さんがあるんでしょう?」

「え、二人あります――」

Bには K の生活もはっきりとわかって来たような気がした。大きい子の方を若い父親が抱いて寝る時代のことをBは繰返した。続いて三人目の女の児が出来た時分から、嵐のような愛慾の中に突進して行ったその生活を繰返した。Bは昨夜《ゆうべ》もある宴会から達って戻って来ようとすると、「好いじゃありませんか。一体あなたはそんな方じゃなかった筈ですがな。何んなところへでも入って行く方だとばかり思っていましたがな？　何うしたんです？　一体？」こうその人達が言うので、戯談《じょうだん》のようにしてそれを外《はず》して、「だって君、一刻も忘れずに待っている人がいるんだからね。その人のためにもそういうことは出来ないよ……」こう言ってすたすた帰って来たことをBは思い起した。あとでは皆なは唖然としてあっけに取られていたに相違なかった。しかしそれは単なる戯談ではなかったのである。Bはその眉を、その髪を、その額を、その眼を常に到るところに感じた。否、旅に出て日を経るに随って、一層その面影の濃《こま》やかになって来ることを感じたのである。Bは夫人の中《うち》にも徳子というその妓《おんな》の中《うち》にもそれを発見せずにはいられなかったのである。

まだ頻りに悲鳴を挙げている犬の声に耳を留めたKは、

「あれは犬ですかね？　さっきから鳴いていますが——？」

「そうです——さびしがって鳴いているんです。大きな犬ですよ」

こう言ってBはH夫妻のことをKに話した。Bはさっき食堂で晩餐の卓についた時、すぐその前にH夫妻がいて、夫人とは言葉を交わさなかったけれども、H氏とは種々《いろいろ》と話をしたことを思い起した。夫人がきまりがわるそうに黙ってフォークを運んでいたさまを思い起した。「あれで、犬という奴は中々役に立ちましてな、ああいうところに参るには、護身のためにも必要で御座います――それに、馴れると可愛いもんでしてな。家内などでも伴れてあるくと、好い護衛になりますのです……。え？　種《たね》ですか？　ドイツ種《だね》です」H氏がこう言ったことを思い起して、それをそのままKに話したりした。波の舷側に当る音がサ、サ、サ、と静かにきこえた。

Bは招かれて船長室に行き、そこで麦酒《ビール》を御馳走になり、いろいろとめずらしい航海の話を聞き、船長と一緒に夜の海と空とを眺め、星座の位置などを指《ゆび》さし、もとの船室には帰らずに、そのままひとりそこに眠って了ったが、しかもついにひとりではなしに、かの女が絶えずそこにやって来ているのを感じた。Bは船室の中のH夫妻をすらB達のものとして感じ、B達のものとして慰め、B達のものとして楽むやうになった。（ああいう人達のように自由に旅に出られたら、それこそ何んなに好いだろう？　蒙古の中でも、砂漠の中でも、何でも進んで行くだろう。あらゆるものを捨てて捨てて行くだろう。そうした時には、かの女の眼はこの身の眼となるだろう。かの女の手は自分の手となるだろう。かの女の心は自分の心となるだろう。……しかし、失望するにはあたらない。いつかはそういう時が来る。この旅を半《なか》以上終えた時には必ず来る……）こんなことをBは自分で自分に囁いたりなどした。

暁は来た。もはや船は太沽《タークー》の沖に来ていた。Bのすぐ前では、早くもやって来た水先案内を相手に船長が双眼鏡を眼に当てて頻りにあたりを眺めていた。やがてむずかしい白河《はくが》の遡航《さくこう》が始った。船の両側にすさまじい濁流が巴渦を巻き出した。風車《かざぐるま》が見え出した。オランダを思わせるような赤煉瓦の古風の建物などもあらわれ出した。次第に河の両岸に桃の咲いているのが、その桃の花も盛りを過ぎて僅かにその面影だけを残しているのが、それと微かに指さされ出して来た。川は何遍となく屈曲して、同じ建物が右に見えたり左に見えたりした。こんな濁った赤ちゃけた水の中にもあの美しい白魚が生息して居て、それを獲るための小舟が、すさまじい急流に逆らいつつ頻りに網を引いているなども見え出して来た。Bは甲板に立ってじっと眺めた。しかもかれはあらゆるものにかの女を感じた。岸の芦荻《ろてき》に、その根元にたぷたぷと打寄せて来ている濁流に、遠い空に捺されたようにあらわれて見えている風車に、微かに岸に残っている桃の花に、更に揃って下りて来るジャンクの暗い佗《わび》しい帆に、そこらに集ってあたりを眺めている船客の群に――。

天津の埠頭に近く、もとの船室に戻って来たBは、そこにそのKと徳子とが親しそうに頻りに立話しているのを不思議にした。

暫くしてBの傍《かたわら》にやって来たKは、いくらか弁解するように、

「向うに着いても、誰も迎えには来ていないだろうっていうんです。為方がありませんから、私が伴れて行ってやることにしました」

「それは大変ですね？」

Bは微笑みながら言った。

「何でも無理に出て来たんだそうです……。矢張、いろんなことがあるらしいんですな。ひとりきりで、案内がわからなくって困って了うって言っているもんですから」

「それで行くところはわかっているんですか？」

「え、それはわかっているんですがね。苦力《くり》の車にひとりで乗せてやるわけには行かないのです。何うもしようがありませんよ」

「まア、然し、そのくらいの義務は負っても好いでしょう。同じ船に乗った好《よし》みだけでも……」

「そうですかなア」

Kは頭を掻きながら笑った。

「フランス人なんかその点に行くと親切なもんだそうですよ。美しい女のことなら何んな世話でもしてやるそうですから――。日本人だって何方《どちら》かと言えば、女に親切な方ですからな」言いかけてBも笑って、「それで遠いんですか？」

「行くところですか。それはそんなに遠くもありませんがね？　……兎に角、誰か迎えに来ていて呉れる方が好いですな」

　埠頭まではもはやそこからいくらもなかった。汽船の速力も次第に緩く、岸には赤煉瓦の建物や倉庫らしいものも見え出して来て、縫うように縁《へり》に並んで生えている楊柳《ようりゅう》の緑についさっきから吹き出した蒙古風《もうこかぜ》がすさまじく黄い《きいろ》埃塵《ほこり》を吹きつけているのを眼にした。船や、ジャンクや、小蒸汽や――とうとうB達の船はその埠頭に横附けにされた。

　そこには自動車や、車や、荷車や、迎えに出ている人達があたり一杯に混雑《ごたごた》と巴渦を巻いていて、踏板を此方《こっち》から渡すと同時に、三等の方の人達は大きな包を抱えて先を争って急いで出て行くのであった。舷側に添ったところには、H夫妻も徳子も皆な鞄や手提を持って出ていた。

　H氏はBに言った。

「今日は天津にお泊りですか？」

「一夜《や》泊って行こうと思います。貴方《あなた》は？」

「何うしようかと思っています……。都合に由《よ》って北京に行きたいと思っておりますけれども――」

　しかもそわそわしたB達はそれ以上言葉を交す暇《いとま》を持っていなかった。その行くべき方《ほう》へと各自に行かなければならなかった。Bは船長や船員達の世話になって、其処《そこ》に迎えに来ているTホテルの自動車へと乗ることにした。で、少し此方《こっち》に来てそれとなしに振返って見た時には、Kが徳子を介抱して頻りに苦力の車に乗せているのを眼にした。

やがてBはすさまじい蒙古風が屋根に当り四辻に吼えヴェランダに渦《うずま》くのを見た。街路樹の楊柳が枝も幹も地につくまでにたわわに振り動かされているのを見た。黄い埃塵が北国《ほくこく》の冬の吹雪のように堅く閉《とざ》したホテルの硝子窓の内までザラザラと吹き込んで来るのを見た。次第に空も晦《くら》く、日の光もおぼろに、ホテルの廊下などでは、電灯のスイッチをひねらなければならないほどそれほどあたりが暗くなって行くのを見た。蒸暑くても窓を明けることは出来ず、その硝子窓の外に並べて置かれてある大きな鉢植えの万年青《おもと》の葉が埃塵で真白になっているのを見た。

何処でもBはひとりではなかった。かの女は片時もBから離れてはいなかった。Bは到るところにかの女を置いた。それにしても此処にやって来てこれを見たら何う思うだろう？　この蒙古風に逢ったら何と言ったろう？　あの眉を蹙めるだろう。埃塵に白くなるあの髪を佗しがるだろう。肌の中までザラザラするのを気持わるがるだろう。しかしそれをも我慢するだろう。何故《なぜ》というのに、それは旅だから。かの女もこの身も倶《とも》に好きな旅だから——。

天津で友達に招かれた料理屋は大きな室《へや》の中に小さな室が幾つも幾つもあるような家《うち》であった。そこでBはBの前に坐った年増の妓《こ》に、「矢張、女だって同じことですよ。一つずつ心をつかんでいなければ安心して生きていられないのですよ。だから矢張終《つい》にはそこに落ちて行くのですな――」などと言った。

あくる日もそのすさまじい蒙古風は止まなかった。Bは少しばかりあった用事をすまして、午後の三時の汽車で北京へと行ったが、生憎《あいにく》その日は日本人はひとりも乗っていず、それに例の臨城《りんじょう》事件が昨夜《ゆうべ》あったばかりなので、一層さびしいさびしい旅を続けなければならなかった。Bは唯黙って荒漠とした野《の》を見た。行っても行っても村落らしい村落はなく、暗い鼠色の空にすさまじく埃塵の漲《みなぎ》りわたっている広い広い地平線を見た。停車場《ていしゃじょう》と言っても、ほんの小さな建物があるばかりで、町らしい形を成している部落などは何処まで行っても眼に入っては来なかった。おりおり唯遠くの楊柳の枝のたわわに風に吹かれているのが見えるばかりであった。

（こんなところに一国の首都たる北京があるのかしら？　不思議な気がするなア）こう何遍もBは腹の中で思った。やがて薄暮に近く、次第にその北京はあらわれ出して来た。暗い城壁を取廻した大妖怪か何かのように――。

「おや！　H夫妻は矢張此処に泊っているな」

　Bは室に入るとすぐこう独語した。

　Bはその窓の下のところで、例のドイツ種の大きな犬が頻りに悲鳴を挙げているのを聞いた。かれは何方《どちら》かと言えば狭い一室の卓《テイブル》の傍《かたわら》にある椅子に腰を下《おろ》して、そう大した明るいとは言えない光線の下《もと》に、寝床《ベット》の上に敷かれた白いシイトや、鞄などの置くようになっている棚などの静かに照されているのを見廻した。かれは何とも言えないさびしさのひしと身を襲って来るのを感じた。しかもそれは旅情と言ったようなものではなかった。Bは身につまされたというような心持で、こうした蒙古風の吹き荒《すさ》んでいる塞外《そくがい》の地に入って行くH夫妻に同情した。（でも若い二人だから好い……。何んな困難でも二人で切抜けて行こうというのだから好い――）こう独語したBは、T氏の言った言葉などをも思い出さずにはいられなかった。

　そのあくる日であったか、北京の宮殿の見物からBが戻って来ると、そこにこれから外出しようとしているH夫妻がいて、「おや！　あなたも此方《こちら》でしたかな？」などと声をかけられた。ドイツ種の大きな犬は、盛装した夫人の周囲を頻りにぐるぐると廻っていた。そして時々大きな声を立てて吼えた。

「こら、こら！　ジャック！」こうH夫人はやさしく制した。

「中々好いですね。奥さんが伴れてあるくと、よく調和しますよ」

　こんなことをBが言うと、

「左様で御座いますか。……」こう夫人は言って顔を赧《あか》くして、「それでも、役には立ちますので御座いますよ……。今日も午前に万寿山《まんじゆやま》で、あそこの乞食をこれが退撃《たいげき》して呉れましてね。大変に助かりました――」

「そんなに乞食が多う御座んすか？」

「え、え、あそこは――。汚ない恰好をして近くへ寄って来るので御座いますもの――」

「ああいう時には、こういう奴は役に立ちますよ」

「そうでしょうな……」こう言ったBはすぐ言葉を続いで、「それで、まだお立ちにはならないのですか？」

「いや、もう行かなければならないのですけれども、丁度、今、節《せつ》がわるくて、馬車が御座いませんものですから……」

「此方《こちら》からいつでも馬車を仕立てて行けるのではないんですか？」

「北京にいる奴《やつ》は、何うも行くのをいやがりましてな。何しろ遠いんですから。向うから来ている奴《もの》でないと、何うしても行こうとは言わないんです？」

「それは大変ですな……。それにしても、その赤峰といふところまで一体幾日かかるんです？」

「そうですな……。路がわるいですから、内地のようなわけには行きませんから。里程はそんなにないですけれども、百里足らずですけれども、十二三日は何うしてもかかりましょうね――」

「大変ですな――。それにしても、赤峰というところは、錦州《きんしゆう》からも行けるようにきいていますが、あっちの方が近くはないのでしょうか？」

「あっちの方がいくらか近いですけれども、馬車が北京よりももっと乏しいそうですから」

「そうですかな。何にしても大変ですな。あなたはまア好いとしても、奥さんが大変ですな」

「え……」

それだけで別れてBは二階の方へと行った。Bはそれからあちこちと見物した。万寿山へも行けば、万里の長城へも行った。梅蘭芳《メイランフワン》の劇をも見れば琉璃廠《るりしよう》の狭斜へも行った。Bは北京に三夜泊《や》った。かれがそこを立って奉天《ほうてん》の方へ来る時にも、H夫妻はまだその旅舎《りよしや》の一室に滞留していた。

しかもそのH夫妻が例の轎車《きようしや》に乗って、蒙古風のすさまじく吹き荒む中を、遮るものとてもない曠野の中を、小さな集落があったりさびしい町があったりする中を、埃塵に包まれてガタガタと進んで行くさまは、はっきりと絵になってBの眼の前に描き出された。Bは古い駅舎の炕《こう》の上に毛布を敷いて夜ごとに佗しく寝るH夫妻を想像した。一輌の轎車の覚束なく塞外の地へと一歩々々動いて行くさまを想像した。またあのドイツ種《しゆ》の大きな犬が絶えずその若い美しい夫人を護衛して進んで行っているさまを想像した。

白

芥川龍之介

一

ある春の午《ひる》過ぎです。白《しろ》と云う犬は土を嗅《か》ぎ嗅ぎ、静かな往来を歩いていました。狭い往来の両側にはずっと芽をふいた生垣《いけがき》が続き、そのまた生垣の間《あいだ》にはちらほら桜なども咲いています。白は生垣に沿いながら、ふとある横町《よこちょう》へ曲りました。が、そちらへ曲ったと思うと、さもびっくりしたように、突然立ち止ってしまいました。

それも無理はありません。その横町の七八間先には印半纏《しるしばんてん》を着た犬殺しが一人、罠《わな》を後《うしろ》に隠したまま、一匹の黒犬を狙《ねら》っているのです。しかも黒犬は何も知らずに、犬殺しの投げてくれたパンか何かを食べているのです。けれども白が驚いたのはそのせいばかりではありません。見知らぬ犬ならばともかくも、今犬殺しに狙われているのはお隣の飼犬《かいいぬ》の黒《くろ》なのです。毎朝顔を合せる度にお互《たがい》の鼻の匂《におい》を嗅ぎ合う、大の仲よしの黒なのです。

白は思わず大声に「黒君！　あぶない！」と叫ぼうとしました。が、その拍子《ひょうし》に犬殺しはじろりと白へ目をやりました。「教えて見ろ！　貴様から先へ罠《わな》にかけるぞ。」――犬殺しの目にはありありとそう云う嚇《おどか》しが浮んでいます。白は余りの恐ろしさに、思わず吠《ほ》えるのを忘れました。いや、忘れたばかりではありません。一刻もじっとしてはいられぬほど、臆病風《おくびょうかぜ》が立ち出したのです。白は犬殺しに目を配《くば》りながら、じりじり後《あと》すざりを始めました。そうしてまた生垣《いけがき》の蔭に犬殺しの姿が隠れるが早いか、可哀そうな黒を残したま、一目散《いちもくさん》に逃げ出しました。

その途端《とたん》に罠が飛んだのでしょう。続けさまにけたたましい黒の鳴き声が聞えました。しかし白は引き返すどころか、足を止めるけしきもありません。ぬかるみを飛び越え、石ころを蹴散《けち》らし、往来どめの縄《なわ》を擦《す》り抜け、五味《ごみ》ための箱を引っくり返し、振り向きもせずに逃げ続けました。御覧なさい。坂を駈《か》けおりるのを！　そら、自動車に轢《ひ》かれそうになりました！　白はもう命の助かりたさに夢中になっているのかも知れません。いや、白の耳の底にはいまだに黒の鳴き声が虻《あぶ》のように唸《うな》っているのです。

「きゃあん。きゃあん。助けてくれえ！　きゃあん。きゃあん。助けてくれえ！」

二

白はやっと喘《あえ》ぎ喘ぎ、主人の家へ帰って来ました。黒塀《くろべい》の下の犬くぐりを抜け、物置小屋を廻りさえすれば、犬小屋のある裏庭です。白はほとんど風のように、裏庭の芝生《しばふ》へ駈《か》けこみました。もうここまで逃げて来れば、罠《わな》にかかる心配はありません。おまけに青あおした芝生には、幸いお嬢さんや坊ちゃんもボオル投げをして遊んでいます。それを見た白の嬉しさは何と云えば好《い》いのでしょう？　白は尻尾《しっぽ》を振りながら、一足飛《いっそくと》びにそこへ飛んで行きました。

「お嬢さん！　坊ちゃん！　今日は犬殺しに遇《あ》いましたよ。」

白は二人を見上げると、息もつかずにこう云いました。（もっともお嬢さんや坊ちゃんには犬の言葉はわかりませんから、わんわんと聞えるだけなのです。）しかし今日はどうしたのか、お嬢さんも坊ちゃんもただ呆気《あっけ》にとられたように、頭さえ撫《な》でてはくれません。白は不思議に思いながら、もう一度二人に話しかけました。

「お嬢さん！　あなたは犬殺しを御存じですか？　それは恐ろしいやつですよ。坊ちゃん！　わたしは助かりましたが、お隣の黒君は掴《つか》まりましたぜ。」

　それでもお嬢さんや坊ちゃんは顔を見合せているばかりです。おまけに二人はしばらくすると、こんな妙なことさえ云い出すのです。

「どこの犬でしょう？　春夫《はるお》さん。」

「どこの犬だろう？　姉さん。」

　どこの犬？　今度は白の方が呆気《あっけ》にとられました。（白にはお嬢さんや坊ちゃんの言葉もちゃんと聞きわけることが出来るのです。我々は犬の言葉がわからないものですから、犬もやはり我々の言葉はわからないように考えていますが、実際はそうではありません。犬が芸を覚えるのは我々の言葉がわかるからです。しかし我々は犬の言葉を聞きわけることが出来ませんから、闇《やみ》の中を見通すことだの、かすかな匂《におい》を嗅《か》ぎ当てることだの、犬の教えてくれる芸は一つも覚えることが出来ません。）

「どこの犬とはどうしたのです？　わたしですよ！　白ですよ！」

　けれどもお嬢さんは不相変《あいかわらず》気味悪そうに白を眺めています。

「お隣の黒の兄弟かしら？」

「黒の兄弟かも知れないね。」坊ちゃんもバットをおもちゃにしながら、考え深そうに答えました。

「こいつも体中《からだじゅう》まっ黒だから。」

白は急に背中の毛が逆立《さかだ》つように感じました。まっ黒！　そんなはずはありません。白はまだ子犬の時から、牛乳のように白かったのですから。しかし今前足を見ると、いや、――前足ばかりではありません。胸も、腹も、後足《あとあし》も、すらりと上品に延《の》びた尻尾《しっぽ》も、みんな鍋底《なべそこ》のようにまっ黒なのです。まっ黒！　まっ黒！　白は気でも違ったように、飛び上ったり、跳《は》ね廻ったりしながら、一生懸命に吠《ほ》え立てました。

「あら、どうしましょう？　春夫さん。この犬はきっと狂犬《きょうけん》だわよ。」

お嬢さんはそこに立ちすくんだなり、今にも泣きそうな声を出しました。しかし坊ちゃんは勇敢《ゆうかん》です。白はたちまち左の肩をぽかりとバットに打たれました。と思うと二度目のバットも頭の上へ飛んで来ます。白はその下をくぐるが早いか、元来《もとき》た方へ逃げ出しました。けれども今度はさっきのように、一町も二町も逃げ出しはしません。芝生《しばふ》のはずれには棕櫚《しゅろ》の木のかげに、クリイム色に塗った犬小屋があります。白は犬小屋の前へ来ると、小さい主人たちを振り返りました。

「お嬢さん！　坊ちゃん！　わたしはあの白なのですよ。いくらまっ黒になっていても、やっぱりあの白なのですよ。」

白の声は何とも云われぬ悲しさと怒りとに震《ふる》えていました。けれどもお嬢さんや坊ちゃんにはそう云う白の心もちも呑みこめるはずはありません。現にお嬢さんは憎《にく》らしそうに、「まだあすこに吠えているわ。ほんとうに図々しい野良犬ね。」などと、地だんだを踏んでいるのです。坊ちゃんも、――坊ちゃんは小径《こみち》の砂利《じゃり》を拾うと、力一ぱい白へ投げつけました。

「畜生！　まだ愚図愚図しているな。これでもか？　これでもか？」砂利は続けさまに飛んで来ました。中には白の耳のつけ根へ、血の滲《にじ》むくらい当ったのもあります。白はとうとう尻尾を巻き、黒塀の外へぬけ出しました。黒塀の外には春の日の光に銀の粉《こな》を浴びた紋白蝶《もんしろちょう》が一羽、気楽そうにひらひら飛んでいます。

「ああ、きょうから宿無し犬になるのか？」

白はため息を洩《も》らしたまま、しばらくはただ電柱の下にぼんやり空を眺めていました。

三

お嬢さんや坊ちゃんに逐《お》い出された白は東京中をうろうろ歩きました。しかしどこへどうしても、忘れることの出来ないのはまっ黒になった姿のことです。白は客の顔を映《うつ》している理髪店《りはつてん》の鏡を恐れました。雨上《あまあが》りの空を映している往来《おうらい》の水たまりを恐れました。往来の若葉を映している飾窓《かざりまど》の硝子《ガラス》を恐れました。いや、カフェのテエブルに黒ビイルを湛《たた》えているコップさえ、——けれどもそれが何になりましょう？　あの自動車を御覧なさい。ええ、あの公園の外にとまった、大きい黒塗りの自動車です。漆《うるし》を光らせた自動車の車体は今こちらへ歩いて来る白の姿を映しました。——はっきりと、鏡のように。白の姿を映すものはあの客待の自動車のように、到るところにある訣《わけ》なのです。もしあれを見たとすれば、どんなに白は恐れるでしょう。それ、白の顔を御覧なさい。白は苦しそうに唸《うな》ったと思うと、たちまち公園の中へ駈《か》けこみました。

公園の中には鈴懸《すずかけ》の若葉にかすかな風が渡っています。白は頭を垂《た》れたなり、木々の間を歩いて行きました。ここには幸い池のほかには、姿を映すものも見当りません。物音はただ白薔薇《しろばら》に群《むら》がる蜂《はち》の声が聞えるばかりです。白は平和な公園の空気に、しばらくは醜《みにく》い黒犬になった日ごろの悲しさも忘れていました。

しかしそう云う幸福さえ五分と続いたかどうかわかりません。白はただ夢のように、ベンチの並《なら》んでいる路《みち》ばたへ出ました。するとその路の曲り角の向うにけたたましい犬の声が起ったのです。

「きゃん。きゃん。助けてくれえ！　きゃあん。きゃあん。助けてくれえ！」

白は思わず身震《みぶる》いをしました。この声は白の心の中へ、あの恐ろしい黒の最後をもう一度はっきり浮ばせたのです。白は目をつぶったまま、元来た方へ逃げ出そうとしました。けれどもそれは言葉通り、ほんの一瞬の間《あいだ》のことです。白は凄《すさま》じい唸《うな》り声を洩らすと、きりりとまた振り返りました。

「きゃあん。きゃあん。助けてくれえ！　きゃあん。きゃあん。助けてくれえ！」

この声はまた白の耳にはこう云う言葉にも聞えるのです。

「きゃあん。きゃあん。臆病《おくびょう》ものになるな！　きゃあん。臆病ものになるな！」

白は頭を低めるが早いか、声のする方へ駈《か》け出しました。

けれどもそこへ来て見ると、白の目の前へ現れたのは犬殺しなどではありません。ただ学校の帰りらしい、洋服を着た子供が二三人、頸《くび》のまわりへ縄《なわ》をつけた茶色の子犬を引きずりながら、何かわいわい騒いでいるのです。子犬は一生懸命に引きずられまいともがきもがき、「助けてくれえ。」と繰り返していました。しかし子供たちはそんな声に耳を借すけしきもありません。ただ笑ったり、怒鳴《どな》ったり、あるいはまた子犬の腹を靴《くつ》で蹴《け》ったりするばかりです。

白は少しもためらわずに、子供たちを目がけて吠えかかりました。不意を打たれた子供たちは驚いたの驚かないのではありません。また実際白の容子《ようす》は火のように燃えた眼の色と云い、刃物《はもの》のようにむき出した牙《きば》の列と云い、今にも噛みつくかと思うくらい、恐ろしいけんまくを見せているのです。子供たちは四方《しほう》へ逃げ散りました。中には余り狼狽《ろうばい》したはずみに、路《みち》ばたの花壇へ飛びこんだのもあります。白は二三間追いかけた後《のち》、くるりと子犬を振り返ると、叱《しか》るようにこう声をかけました。

「さあ、おれと一しょに来い。お前の家《うち》まで送ってやるから。」

白は元来《もとき》た木々の間《あいだ》へ、まっしぐらにまた駈《か》けこみました。茶色の子犬も嬉しそうに、ベンチをくぐり、薔薇《ばら》を蹴散《けち》らし、白に負けまいと走って来ます。まだ頸にぶら下った、長い縄をひきずりながら。

×　　×　　×

二三時間たった後《のち》、白は貧しいカフェの前に茶色の子犬と佇《たたず》んでいました。昼も薄暗いカフェの中にはもう赤あかと電燈がともり、音のかすれた蓄音機《ちくおんき》は浪花節《なにわぶし》か何かやっているようです。子犬は得意そうに尾を振りながら、こう白へ話しかけました。

「僕はここに住んでいるのです。この大正軒《たいしょうけん》と云うカフェの中に。——おじさんはどこに住んでいるのです？」

「おじさんかい？　——おじさんはずっと遠い町にいる。」

白は寂しそうにため息をしました。

「じゃもうおじさんは家《うち》へ帰ろう。」

「まあお待ちなさい。おじさんの御主人はやかましいのですか？」

「御主人？　なぜまたそんなことを尋《たず》ねるのだい？」

「もし御主人がやかましくなければ、今夜はここに泊《とま》って行って下さい。それから僕のお母さんにも命拾いの御礼を云わせて下さい。僕の家には牛乳だの、カレエ・ライスだの、ビフテキだの、いろいろな御馳走《ごちそう》があるのです。」

「ありがとう。ありがとう。だがおじさんは用があるから、御馳走になるのはこの次にしよう。――じゃお前のお母さんによろしく。」

白はちょいと空を見てから、静かに敷石の上を歩き出しました。空にはカフェの屋根のはずれに、三日月《みかづき》もそろそろ光り出しています。

「おじさん。おじさん。おじさんと云えば！」

子犬は悲しそうに鼻を鳴らしました。

「じゃ名前だけ聞かして下さい。僕の名前はナポレオンと云うのです。ナポちゃんだのナポ公だのとも云われますけれども。――おじさんの名前は何と云うのです？」

「おじさんの名前は白と云うのだよ。」

「白――ですか？　白と云うのは不思議ですね。おじさんはどこも黒いじゃありませんか？」

白は胸が一ぱいになりました。

「それでも白と云うのだよ。」

「じゃ白のおじさんと云いましょう。白のおじさん。ぜひまた近い内《うち》に一度来て下さい。」

「じゃナポ公、さよなら！」

「御機嫌好《ごきげんよ》う、白のおじさん！　さようなら、さようなら！」

四

その後《のち》の白はどうなったか？　――それは一々話さずとも、いろいろの新聞に伝えられています。大《おお》かたどなたも御存じでしょう。度々危《たびたびあや》うい人命を救った、勇ましい一匹の黒犬のあるのを。また一時『義犬《ぎけん》』と云う活動写真の流行したことを。あの黒犬こそ白だったのです。しかしまだ不幸にも御存じのない方があれば、どうか下《しも》に引用した新聞の記事を読んで下さい。

東京日日新聞。昨十八日（五月）午前八時四十分《しじっぷん》、奥羽線上《おううせんのぼ》り急行列車が田端駅《たばたえき》附近

の踏切《ふみきり》を通過する際、踏切番人の過失に依り、田端一二三会社員柴山鉄太郎《しばやまてつたろう》の長男実彦《さねひこ》（四歳《しさい》）が列車の通る線路内に立ち入り、危く轢死《れきし》を遂《と》げようとした。その時逞しい黒犬が一匹、稲妻《いなづま》のように踏切へ飛びこみ、目前に迫《せま》った列車の車輪から、見事に実彦を救い出した。この勇敢なる黒犬は人々の立騒《たちさわ》いでいる間にどこかへ姿を隠したため、表彰《ひょうしょう》したいにもすることが出来ず、当局は大いに困っている。

東京朝日新聞。軽井沢《かるいざわ》に避暑中のアメリカ富豪エドワアド・バアクレエ氏の夫人はペルシア産の猫を寵愛《ちょうあい》している。すると最近同氏の別荘へ七尺余りの大蛇《だいじゃ》が現れ、ヴェランダにいる猫を呑もうとした。そこへ見慣《みな》れぬ黒犬が一匹、突然猫を救いに駈《か》けつけ、二十分に亘《わた》る奮闘の後《のち》、とうとうその大蛇を嚙み殺した。しかしこのけなげな犬はどこかへ姿を隠したため、夫人は五千弗《ドル》の賞金を懸け、犬の行方《ゆくえ》を求めている。

国民新聞。日本アルプス横断中、一時行方《ゆくえ》不明になった第一高等学校の生徒三名は七日《なのか》（八月）上高地《かみこうち》の温泉へ着した。一行は穂高山《ほたかやま》と槍《やり》ヶ岳との間《あいだ》に途《みち》を失い、かつ過日の暴風雨に天幕《テント》糧食等を奪われたため、ほとんど死を覚悟していた。然《しか》るにどこからか黒犬が一匹、一行のさまよっていた渓谷《けいこく》に現れ、あたかも案内をするように、先へ立って歩き出した。一行はこの犬の後《あと》に従い、一日余り歩いた後《のち》、やっと上高地へ着することが出来た。しかし犬は目の下に温泉宿の屋根が見えると、一声《ひとこえ》嬉しそうに吠《ほ》えたきり、もう一度もと来た熊笹《くまざさ》の中へ姿を隠してしまったと云う。一行は皆この犬が来たのは神明《しんめい》の加護だと信じている。

時事新報。十三日（九月）名古屋市の大火は焼死者十余名に及んだが、横関《よこぜき》名古屋市長なども愛児を失おうとした一人である。令息武矩《たけのり》（三歳）はいかなる家族の手落からか、猛火の中の二階に残され、すでに灰燼《かいじん》となろうとしたところを、一匹の黒犬のために啣《くわ》え出された。市長は今後名古屋市に限り、野犬撲殺《ぼくさつ》を禁ずると云っている。

読売新聞。小田原町《おだわらまち》城内公園に連日の人気を集めていた宮城《みやぎ》巡回動物園のシベリヤ産大狼《おおおおかみ》は二十五日（十月）午後二時ごろ、突然巌乗《がんじょう》な檻《おり》を破り、木戸番《きどばん》二名を負傷させた後《のち》、箱根《はこね》方面へ逸走《いっそう》した。小田原署はそのために非常動員を行い、全町に亘《わた》る警戒線を布いた。すると午後四時半ごろ右の狼は十字町《じゅうじまち》に現れ、一匹の黒犬と噛み合いを初めた。黒犬は悪戦頗《すこぶ》る努め、ついに敵を噛み伏せるに至った。そこへ警戒中の巡査も駈《か》けつけ、直ちに狼を銃殺した。この狼はルプス・ジガンティクスと称し、最も兇猛《きょうもう》な種属であると云う。なお宮城動物園主は狼の銃殺を不当とし、小田原署長を相手どった告訴《こくそ》を起すといきまいている。等《とう》、等、等。

五

　ある秋の真夜中です。体も心も疲れ切った白は主人の家へ帰って来ました。勿論《もちろん》お嬢さんや坊ちゃんはとうに床《とこ》へはいっています。いや、今は誰一人起きているものもありますまい。ひっそりした裏庭の芝生《しばふ》の上にも、ただ高い棕櫚《しゅろ》の木の梢《こずえ》に白い月が一輪浮んでいるだけです。白は昔の犬小屋の前に、露《つゆ》に濡《ぬ》れた体を休めました。それから寂しい月を相手に、こういう独語《ひとりごと》を始めました。

「お月様！　お月様！　わたしは黒君を見殺しにしました。わたしの体のまっ黒になったのも、大かたそのせいかと思っています。しかしわたしはお嬢さんや坊ちゃんにお別れ申してから、あらゆる危険と戦って来ました。それは一つには何かの拍子《ひょうし》に煤《すす》よりも黒い体を見ると、臆病を恥《は》じる気が起ったからです。けれどもしまいには黒いのがいやさに、――この黒いわたしを殺したさに、あるいは火の中へ飛びこんだり、あるいはまた狼と戦ったりしました。が、不思議にもわたしの命はどんな強敵にも奪われません。死もわたしの顔を見ると、どこかへ逃げ去ってしまうのです。わたしはとうとう苦しさの余り、自殺しようと決心しました。ただ自殺をするにつけても、ただ一目《ひとめ》会いたいのは可愛がって下すった御主人です。勿論お嬢さんや坊ちゃんはあしたにもわたしの姿を見ると、きっとまた野良犬《のらいぬ》と思うでしょう。ことによれば坊ちゃんのバットに打ち殺されてしまうかも知れません。しかしそれでも本望です。お月様！　お月様！　わたしは御主人の顔を見るほかに、何も願うことはありません。そのため今夜ははるばるともう一度ここへ帰って来ました。どうか夜の明け次第、お嬢さんや坊ちゃんに会わして下さい。」

白は独語《ひとりごと》を云い終ると、芝生《しばふ》に腭《あご》をさしのべたなり、いつかぐっすり寝入ってしまいました。

×　　×　　×

「驚いたわねえ、春夫さん。」

「どうしたんだろう？　姉さん。」

白は小さい主人の声に、はっきりと目を開《ひら》きました。見ればお嬢さんや坊ちゃんは犬小屋の前に佇《たたず》んだまま、不思議そうに顔を見合せています。白は一度挙げた目をまた芝生の上へ伏せてしまいました。お嬢さんや坊ちゃんは白がまっ黒に変った時にも、やはり今のように驚いたものです。あの時の悲しさを考えると、——白は今では帰って来たことを後悔《こうかい》する気さえ起りました。するとその途端《とたん》です。坊ちゃんは突然飛び上ると、大声にこう叫びました。

「お父さん！　お母さん！　白がまた帰って来ましたよ！」

白が！　白は思わず飛び起きました。すると逃げるとでも思ったのでしょう。お嬢さんは両手を延ばしながら、しっかり白の頸《くび》を押えました。同時に白はお嬢さんの目へ、じっと彼の目を移しました。お嬢さんの目には黒い瞳にありありと犬小屋が映《うつ》っています。高い棕櫚《しゅろ》の木のかげになったクリイム色の犬小屋が、――そんなことは当然に違いありません。しかしその犬小屋の前には米粒《こめつぶ》ほどの小ささに、白い犬が一匹坐っているのです。清らかに、ほっそりと。――白はただ恍惚《こうこつ》とこの犬の姿に見入りました。

「あら、白は泣いているわよ。」

お嬢さんは白を抱きしめたまま、坊ちゃんの顔を見上げました。坊ちゃんは――御覧なさい、坊ちゃんの威張っているのを！

「へっ、姉さんだって泣いている癖に！」

（大正十二年七月）

犬の生活

小山清

私はその犬を飼うことにした。「神様が私にあなたのもとへゆけと告げたのです。あなたに見放されたら、私は途方に暮れてしまいます。」とその眼が訴えているように思われたので。またその眼はこうも云っているように思われた。「あなたはいつぞや石をぶつける子供達から、私を助けて下さったではないですか。」私には覚えのないことだが、しかし全然あり得ないことではない。

公園のベンチの上で午睡の夢からさめたら、私の顔のさきにその犬の顔があった。私が顔を覆っていた本はベンチの下に落ちていた。あるいは犬がその鼻づらで本をこづいて、その気配に私は眼をさましたのかも知れない。私が掌を出すと、犬はその前肢をあずけた。

私が帰りかけると、後を慕ってきたのである。

私はその犬を飼おうと思ったが、けれども、自分は軽はずみなことをしているのではないかという気もした。けれどもまた考えてみるに、私の過去は軽はずみの連続のようなもので、もはやそのことでは私は自分自身を深く咎めだてする気にもなれないのである。私はやはりいつもの伝でやることにした。私は犬の顔を眺めながら、「私さえ保護者らしい気持を失わないならば、お互いがお互いを重荷に感ずるようなことはまずないだろう。」と思った。自信のあるような、ないような気持であった。私はこれまで男の友達とは幾度か一緒に暮らしたことがあるが、いつも気まずい羽目になってしまったのである。

私はこの武蔵野市に移ってきてから、三年ほどになる。私はある家の離れを借りて暮らしている。母屋の主人というのは年寄の後家さんである。気丈な人で、独りで自炊をして暮らしている。ひとり娘が嫁いだ先には大きい孫があって、たまに孫たちが遊びにくる。

私は散歩の途中、偶然この家の前を通りかかって、軒さきに「貸間あり」の札がさがっているのを見かけ、檜葉の生垣にかこわれているこの家のたたずまいになんとなく気を惹かれたのである。私は案外簡単に借りることが出来た。ひとつは私が勤人でなく、一日中家にいる商売なので、用心がいいと思ったのかも知れない。この離れには、私の前には、この近くの美術学校に通っていた画学生がいたそうである。

私が借りている離れには土間がある。犬を飼おうと思ったとき、その土間のことが私の念頭に浮かんだ。犬は土間に這入ると、喉が乾いていたのだろう、そこにあったバケツの中の水をぴしゃぴしゃ音をさせてさもうまそうに呑んだ。私が上框《あがりがまち》に腰を下ろして口笛を鳴らすと、犬は私の足許に寄ってきて、いかにも満足そうに「ワンワン。」と二声吠えた。その様子は、「私達はもう他人じゃありませんね。」と云っているように見えた。そのときになって私は、犬を飼うには、私の一存だけではすまないことに気がついた。母屋の年寄の思惑が気になったのである。

私は犬をつれて、お婆さんのいる座敷の縁さきへ行った。お婆さんは長火鉢のわきに坐って小さなお膳に向い、独りで花骨牌《はながるた》を並べていたが、こちらに気づくと、

「おや、どこの犬ですか。」

「迷い犬らしい。」私は弁解するように云った。「公園から僕についてきたんです。」

お婆さんは立って縁さきに来た。

「捨犬でしょう。」お婆さんは一寸調べるように見ていたが、「牝ですね。」

そう云われて、私は自分の迂闊さにはじめて気がついた。私は自分で飼う気でいながら、その犬が牡であるか、牝であるかをまず確めることさえ忘れていたのである。私は軽はずみの例に洩れず、少しくとりのぼせていたのである。よく見ると、犬の頸には最近まで首

輪をはめていた形跡がある。またその胸部に見える乳房は最前から眼に入っていたのだが、私はついうっかりしていたのである。お婆さんの一言は、犬の姿態に感ぜられる、牝らしい優しさを私に気づかせた。

犬は沓脱石《くつぬぎいし》のわきにうずくまって、こちらの機嫌を窺うように薄眼をあけたりしている。

「野良犬ではないようだ。」

「ええ。この辺の犬じゃありませんね。自動車にでも乗せてきて捨てて行ったのでしょう。軀も汚れていないし、そんなに饑《ひも》じがっているようでもないですね。」

お婆さんが犬に対してあまり冷淡な素振りも見せないので、私は少しほっとした。お婆さんはなお見しらべるような眼つきをしていたが、ふいに声をあげた。

「こりゃあ、仔もちだ。この犬は仔もちですよ。」

「え？」

「どうも妊娠しているようですよ。お乳の工合からなにから。」

「へえ、それはまた。」

「仔どもが出来たので、飼主が捨てたのでしょう。たいした犬じゃないししますしね。」

私は少しく興ざめた。にわかに犬が不身持の女かなぞのように見えた。かりそめの出来心からとんだ厄介ものをしょい込んだような気がした。お婆さんは犬の額に掌をのせて、無言のまま、やさしく撫でた。たいした犬ではないと云っておきながら、不憫がっているその様子に、私は心を惹かれた。人間が抱く感情の中で、やはり寛容は非難に優るものである。ひとを非難するということは、それがどんなに正当に見えるような場合でも、むなしい仇矢を放つようなものである。お婆さんの態度には、いたずら娘を労っている母親のようなやさしさが感ぜられた。また人間と犬との違いはあっても、女は女同士といったようなところもあった。犬は眼を細くして、お婆さんの愛撫に応えている。そのほっとしているような様子を見ると、私もまた心をそそられた。

「犬は好きですか。」

とお婆さんが私に向って云った。私は一寸返答に困った。女は好きかと訊かれても、やはり私は同じように困惑するだろう。

「嫌いじゃありません。まだ一度も犬を飼ったことはないんです。」

「可愛いもんですよ。亡くなった連合《つれあい》が犬や小鳥の好きなたちでしてね。何度か飼ったことがございますよ。」

お婆さんの声音には、亡くなった人を懐しんでいる響があった。お婆さんの連合は、もう大分まえに、壮年のころに亡くなったようである。飾職だったという。お婆さんの部屋の長押にはその人の肖像が額にして懸けてある。私は一言か二言の中にその人の俤《おもかげ》や生涯が彷彿としてくるような言葉をきくのが好きだ。たとえば電車の中などで、乗客のこんな話を耳にすることがある。「あいつも死んだね。」「いい気前の男だったがね。」「釣り好きだったね。」そんななんでもない会話にいわば浮世の味が感ぜられる。そんなとき私はなにか胸の閊《つか》えでも下りるような気がして、わけもなくこの世の中が有難味のあるものに思えてくるのである。お婆さんや犬を前にして、そのときも私は世の中に対する張合のようなものを感じた。私は云い出す折を得たような気がして、

「どんなもんでしょうか。出来れば飼ってやりたいと思っているんですが。」

「そうですね。」お婆さんは自分の胸に問うように、「せめてお産がすむまででもね。なに、それほど世話も焼けませんよ。」

私はほっとした。このように容易《たやす》くお婆さんの許諾が得られようとは私は思っていなかった。

「この犬は二歳位でしょう。初産でしょうよ。」

とお婆さんは云った。その初産という言葉が私の心にしみた。

私は犬をメリーという名で呼ぶことにした、メリーは、お婆さんの云うように、たいした犬ではない。ありふれた雑種である。白と黒の斑《ぶち》で、白地に、雲の形をしたようなのや、島の形をしたような模様がついているのである。人間ならば、中肉中背とでも云うところ

だろうか。どちらかと云えば、大柄の方である。被毛は長い方で、色艶はそんなに悪くない。軀つきは様子のいい方ではないが、さりとて不恰好というわけでもない。器量だってまんざらでもない。美人ではないが、よく見ると、可愛い顔をしている。なによりも、高慢らしい感じがしないのがいい。眼がいいのだ。メリーの眼は、ほんとにいい。眼は心の窓というが、メリーの眼を覗くと、メリーが善良な庶民の心を持っている犬だということが、よくわかる。そして、こういう動物達の方が、人間よりも、神様のそば近くに暮らしているということが、よくわかる。アンリー・ルッソーが在世ならば、彼にメリーの肖像画を描かせたい。ルッソーならば、メリーのいのちをそのままに画布の上に写すことが出来るだろう。私はまた、メリーの声が好きだ。どんな吠え声にも、感情が籠っていて、お義理で口をきいているようなところは、少しもない。また、その発声の源にあるものは愛情と善意だけなので、それがこちらの耳障りになるようなことは、少しもない。私が「メリー。」と呼ぶとメリーはすぐ私の正面にきて、私の顔を仰ぎ、尾を振りながら、「ワン、ワン。」と吠える。その様子は、「私はあなたが、私を呼んでいるのだということをよく知っています。」と云っているようにも見え、また、「なんの御用ですか。」と云っているようにも見える。ふとして私が、メリーは前の飼主のことを思い出しているのではなかろうかと僻《ひが》んだことを考えたりしていると、メリーは私の気持を察したかのように私に戯れかかり、自分はいまの瞬間を楽しむことでいっぱいで他意はないのだというようなしなをして、私の気まずさを救ってくれる。私はこれまで誰からも、こんなふうに媚びられたことはなかった。メリーは前の飼主のもとでは、なんという名で呼ばれていたかは知らないが、いまはもう全く、私のメリー以外のものではない。前の飼主にしてからが、あるいはメリーを捨てたのだとしても、決して薄情な人ではなかったに違いない。やむにやまれぬ事情があったのであろう。その一家には、とくにメリーと仲良しの坊やがいたかも知れない。メリーを見ていると、そんな想像が湧いてくるのだ。

こないだ私は手帳にこんなことを書きつけたばかりだったのだが。

「……私のもとには殆ど訪問客はない。私もまた人をたずねない。私は生まれつき引っ込み思案な性分なので、独りでいる方が勝手なのである。たまに人とお喋りをすると、これの悪い食物を食った後のように、しばらくは気色が悪い。『退屈して困る』ということをよく聞くが、私の日常などは凡そ退屈なものであるが、けれども私はそれだからといって、べつに困りはしない。私にとっては、退屈は困るというようなものではない。私にとっては『退屈』は気心の合った友達のようなもので、私は誰と共にいるよりも、『退屈』と共にいて、無聊《ぶりよう》を託《かこ》っている方がいい。いわば私は退屈を楽しんでいるのである。思うに、徒然というものも、幸福感の一種なのかも知れない。」

　ところで、メリーと共に暮らすようになってから、私の日常も多少あらたまってきた。私は無聊を託ってばかりもいられなくなった。まず私はこれまでのように朝寝坊が出来なくなった。メリーのために朝飯の支度をしなければならないので。私は自分の軀が寝床から、こんなにも思い切りよく離れられるものとは、思っていなかった。また早起きの味がこんなにも爽快なものとは知らなかった。焜炉に火をおこし、メリーと自分のために野菜を煮るのだが、私の心はまるで幼妻のそれのようにいそいそしているのだ。お婆さんは「世話は焼けない。」と云ったけれど、それは全くそうなのだ。メリーのために何かをしてやるということは、私にとっては少しも厄介ではなかったから。メリーのために手足を働かすたびに、私は自分の心が活撥と鷹揚の度合を増していくような気がした。

　私ははじめ土間の隅に藁を敷いて、そこにメリーを寝かしたが、その後小屋をつくった。私は果物屋から林檎箱をいくつか譲ってもらって、それを材料にして小屋をこしらえた。私の上衣やズボンなども、軀よりは大きめの少しだぶだぶしているようなのが好きだ。私にとっては、なんによらず野暮《やぼ》という様式位、居心地のいいものはない。私はメリーのためにも、少し大きめの小屋をこしらえた。やがては、仔どもも産まれることだし。私は小屋の作製にまる二日を費した。随分不恰好な小屋が出来上った。それはいわば大野暮とでも云うべき代物であった。もともと私は手工は幼稚園時代から苦が手だったのだ。私は小屋を離れの戸口の前の柿の木の下に置いた。それでもよくしたもので、メリーは家畜の習性からか、そこをはじめから自分の住居と承知しているような顔つきで、いそいそと小屋の中に這入り込んだ。その満足そうにしている様子を見て、私はメリーにすまないような気がしたが、それでも嬉しくないことはなかった。私は慣れぬ仕事で掌にできた肉刺《まめ》をなでながら、自分にもなにかがつくれるという喜びをかすかに感じた。それは遠いところからきた暗示のように、かすかに私に囁きかけた。なにかがつくれる。愛することだって、出来ない限りでもない。

私はメリーを獣医の許に連れて行った。私の家から銭湯へゆく途中に犬猫病院がある。私はそれまでべつに注意もしなかったその看板が気になるようになり、そのうちいちどメリーを診察してもらっといた方がいいのではないかと思った。メリーはただの軀ではないのだから。私はメリーには出来るだけのことをしてやりたいと思った。お婆さんは首をかしげて、「そうねえ。それは診《み》てもらっておくに越したことはないでしょう。」と云った。お婆さんの眼の表情は私に向って、「あんたも案外愛犬家の素質があるようですね。」と云っているように見えた。

獣医は柔和な顔をした青年紳士であった。診察室の壁には、ルッソーの「幸福なる四部合奏」の複製がかかげてあった。私はおやおやと思った。

「どうなさいました。」

「いいえ。健康診断をお願いしたいのです。」

獣医は台の上にメリーをお坐りさせて、物慣れた手つきで、聴診器をメリーの軀にあてた。その間、メリーは全く従順にしていた。

「妊娠をしていますね。」

「はい。どんな工合でしょうか。」

獣医は黙ったまま、こんどはメリーの後肢の内股のあたりを握って、懐中時計のおもてを見つめ、メリーの脈搏を数えた。人間も犬も変りはない、型どおりのものだと思いながら、診察の有様を見ていると、獣医が体温器をとりあげて水銀部にワゼリンをぬるとひとしく、それまでそばで黙って見ていた助手が、いきなりメリーの軀をおさえた。獣医は片手でメリーの尾をもちあげて、体温器をメリーの肛門にしずかにさし込んだ。瞬間メリーははじめて少しく抵抗を試みたが、すぐまたおとなしくなった。私にはその三、四分の間が随分ながく感ぜられた。私はメリーの顔と獣医の顔とを交互に見ながら、胸が熱くなった。神様は依怙贔屓なしに人間の一人一人に、その素質にふさわしい使命を授けてくれるのだという気がしたのである。獣医は体温器を抜きとって、見しらべてから助手の手に渡した。

「異状はないようです。お産までには一月ありますね。」

私はなにやらほっとすると共に、その一月という期間が長いようにもまた短いようにも感ぜられ、職業柄、締切日を宣告されたような気もした。締切日は私という愚かな鼠が落ちる陥穽のようなものであった。私はいつでも、まだ二十日もある、十日あると思いながら愚図愚図しているうちに、ずるずると土壇場に追い込まれてしまうのがおきまりなのであった。メリーの生理と私の用意がうまく歩調を合わせてくれればいいがと思った。「まさかのときは神様が助けて下さるだろう。」私は意志薄弱者らしく心の中で呟いた。

私はメリーに代って、獣医から妊娠中の心得を聞いた。朝夕に適度な運動をさせてやるほかは、なるべく繋いでおくこと。よその犬と喧嘩をさせないようにすること。流産をする心配があるから。人間と同じように母犬もおなかがすくものだから、滋養食をふだんよりは余計にやるようにすること。そのほか色々聞いた。

獣医はメリーが捨犬でこないだ私に拾われたばかりだと聞くと、念のため狂犬病の予防注射をして置こう、飼犬の登録申請をする場合にも、その証明書が必要でもあるからと云った。

「予防注射などをしても、大丈夫でしょうか。」

と私は訊いた。獣医はわからぬような表情をした。

「おなかの仔どもにさしつかえはないでしょうか。」

　獣医はいい眼つきで私を眺め、破顔一笑した。

「心配はありません。」

　獣医はまた助手に手伝わせて、メリーの頸に注射をした。メリーは注射針を刺された瞬間、「キャン。」と一声悲鳴をあげたが、あとは薬液を注入しおわるまでじっとしていた。獣医は注射をした跡をアルコールをしめした綿でかるく摩擦した。メリーもようやく自分が解放されたことを感じたらしく、私の顔を見上げて尾をはげしく振った。私は可憐な気がして、メリーの頸を抱きその額をなでた。人前ではあったが、私はそうせずにはいられなかった。

　証明書を書くだんになって、獣医は私をかえりみて、

「名前は？」

「メリー。」

　私の頬には血がのぼり、私は自分の声音にメリーに対する自分の気持を確かめるような思いをさえ味わった。

　帰りぎわに、私は壁のうえの「幸福なる四部合奏」の絵の中にいる犬を指さし、獣医に訊いてみた。

「この犬は何種でしょうか。」

獣医は他意のない微笑を見せた。

「さあ。テリアの一種でしょう。」

私はこの絵が欲しかったのだ。離れの壁にこの絵をかけたいと思った。けれども、いきなり無心も出来なかった。

家に帰って、私はメリーの小屋のわきにある柿の木にメリーを繋いだ。ことしは柿の当り年らしく、柿の木の梢には、枝もたわわに実が成っている。この実が色づく頃には、メリーは仔どもを産むのだと私は思った。


私は市役所へ行って飼育の登録申請をし、また保健所へ行って、獣医の証明書を提出し、両方から一枚ずつ鑑札をもらった。鑑札を渡してくれるとき、係りの女の子は私に向い、この鑑札を必ず首輪に附けて置くようにと注意した。私はまだメリーに首輪を買ってやってはいなかった。

私は駅前の繁華街にある刃物屋で、メリーのために首輪と鎖を買った。私は首輪に私とメリーの名前を彫らせた。私は奮発して、首輪も鎖も上等のを買った。私にはむかしから羊羹や沢庵をうすめに切るくせがある。私はこの際自分のそういう性質を改良すべきだと思った。かえりに私は牛乳屋に寄り、毎日一本宛配達してもらうことにした。家に帰って私はメリーの頸に首輪をはめた。さあ、これで私達の間柄は、神様の前にも世間の前にも正当なものになったのだ。

私ははじめ几帳面にメリーを鎖に繋いだが、その後は散歩に連れてゆくときのほかは、メリーの頸に鎖をつけなかった。メリーは全くわが家に馴染んで、ひとりでは外に出かけなかった。私が机に向い本を読んだり、小説を書きあぐんだりしているわきで、メリーは土間に寝そべっていたり、お婆さんのいる座敷の縁先に遠慮なく上りこんで日なたぼっこをしていたり、またお婆さんが庭に丹精して育てている草花のかげで昼寝をむさぼっていたりしている。私もメリーと共に暮らすようになってからは、家に落着くようになった。私はそれまでは独り者の気散じで、所在なくなると、ついぶらぶらと散歩にばかり出かけていたのだが。読書に倦んで本から眼をあげ、土間にいるメリーと視線があったりすると、私はなんとなく安心して、それこそアット・ホームな気持になる。メリーにしても、同じ思いではないかしら。私はそれをメリーの眼つきに感ずるのだ。

私はメリーが魔法使のお婆さんのために犬に化せられた人間の娘で、やがていつかはその魔法がとけて再びもとの娘の姿にもどるのではないかしらと、そんな阿呆なことを半ば本気で空想したりした。また逆に私の胸の中には魔法によってながい眠りにつかされている王子がいて、その王子を眠りからさまさせるためにメリーは私のもとに来たのだと空想したりした。魔法の霧がはれて、自覚していなかったさまざまの可能性が開花する日がきっとくると、私はそんな虫のいいことを思った。

メリーがきてから、母屋のお婆さんと私の仲も親しみを増した。お婆さんは私にとっては、最も身ぢかな隣人でありまた世間であるが、これまで私はそれほど親しくはしていなかった。私は無愛想な口不調法な人間だし、お婆さんもあっさりした人柄だから。けれども、メリーがきてからは、私の人づき悪さが、メリーのために大分緩和されたような工合になった。私はメリーが私のために、世間に対して執成《とりなし》をしてくれるような気がする。云いかえれば、メリーのなかにある「庶民の心」をとおして、私自身も世間につながることが出来るのである。

お婆さんも、メリーを可愛がっている。お婆さんはいつも大抵、長火鉢のわきに坐って、前に小さいお膳を据えて、そのうえに花骨牌を並べている。年をとって後光のさしくるような人がいるが、このお婆さんがそうである。お婆さんがめくる骨牌の一枚一枚には恰《あたか》も精が入っているかのよう。年寄の渋味というものを、一枚の絵にしたようである。お婆さんは年寄には珍しく愚痴をこぼさない人なのである。

お婆さんは、こんなふうに云う。

「メリーの相手をしているのが、いちばんいいですよ。ほかのお客様とですと、ついひとさまのかげ口をきくようになりましてね。」

私はお婆さんから、被毛の手入れの仕方を教わった。お婆さんはまずブラシで、メリーの頭から、頸、肩、背、腰、肢という順に丹念にマッサージをして、それから金櫛で丁寧に梳《す》いた。

「こうしてやると、毛の色艶がよくなりますし、それに蚤や虱がたからなくなります。」とお婆さんは云った。その後もお婆さんは私に代って、ときどきメリーの手入れをしてくれている。お婆さんに面倒を見てもらっているメリーを見ながら、メリーはべつとして、私自身が不当にめぐまれているように思われ、これでいいのだろうかと、なんだか後めたいような不安な気持におそわれるのであった。

私は路を歩きながら、犬に出逢うと、これまでになく気をつけるようになり、また犬が以前ほど恐くはなくなった。どんなに立派な優美な犬を見ても、私には私のメリーの方がよかった。メリーの顔と姿態はもはや私の心にしみついてしまっていた。人の子の親にとって、わが子の顔が絶対なものであることを、私はメリーをとおして学ぶことが出来た。

そのことを私がお婆さんに告げると、お婆さんは云った。

「それは、あんた、情がうつるというものですよ。」

私は夜外出するとき、離れの明りを、小さな電球にとりかえて、わざと消さずにおく。メリーはもはや自分の塒にいるが、そこから離れの明りが見える方が、メリーのためにも私のためにもいいような気が私にはするのである。私にとっても真暗にして留守にしてしまうよりは、その方がなんだか安心なのである。

私の外出は割引から映画を見るか、呑み屋に寄るか、どちらかである。映画館のくらやみは、私にとっては居心地のいい場所の一つである。人込みの中に紛れ込んで、お互いに邪魔にもならず邪魔にもされずに、共にある一定の時間を過ごすことは、人間という群棲《ぐんせい》動物にとっては、やはり心やりの一つなのであろう。映画館に入るのは、映画を見るのが目当てではあるが、けれどもこれが自分ひとりで見ているのだとしたら、すこしも楽しくないであろう。私は画面を見ながら、夢み心地になったり、涙をながしたりするが、ひとから泣顔を見られる心配がないのがいい。私にとっていちばんいやなことは、ひとから見られることである。ひとから見られていると思うと、私はもうぎくしゃくして、なにをすることも出来なくなってしまうのである。

ときたま呑み屋に行くことも、私にとっては欠くことの出来ない、いわば生活の要素である。呑み屋という場所も、私にとってはそんなに窮屈なところではない。私はひとと話の間のもてない方であるが、そこに酒というものが入れば、またべつである。

私は呑み屋の暖簾をくぐって、隅っこの方で、ちびりちびりやる。

「おや、いらっしゃい。久しぶりね。いい人が出来たんじゃないかと思って心配したわよ。」

「実は出来たんだ。」

「へえ。おどかさないでよ。」

「犬を飼ったんだ。メリーって云うんだ。」

「牝なのね。じゃ、あんた、この頃犬といるの?」

「犬といるなんて、同棲しているようなことを云うなよ。もっとも、同棲にはちがいないが。そのうち仔どもが産れるよ。」

「なに云ってんのよ。あんた、しっかりしなくちゃ駄目よ。早く、おかみさんをもらいなさいよ。」

「おれは正気だよ。もう帰る。」

「里心がついたのね。じゃ、またどうぞ。メリーさんに宜しく。」

千鳥足で帰ってくると、離れの窓に明りのついているのが見える。その明りを見つめているうちに、私はその中にメリーがいるような、また自分がいるような気がしてくるのであった。

私の家の近くに井の頭公園がある。私は朝と夕方、散歩かたがた、メリーをそこへ運動に連れてゆく。私とメリーがはじめて邂逅した場所も、この公園である。

私の家から公園の木立が見え、家の前の小路を抜けると、そこはもう公園である。ここはむかしから、都人の行楽地として有名である。戦争末期から戦後にかけては荒れていたが、いまは風致も整って、小綺麗になっている。日曜祭日などは家族づれで賑わっているが、ふだんはそれほどでもなく、閑散としている。雨上りの後などに、池畔をぶらつく気分は悪くない。四季折々で、それぞれ風情があるが、私はとりわけ冬枯れの頃と青葉期が好きだ。紅葉のときも悪くないが。武蔵野市では、この公園の風致を保つために、常住人夫を入れている。

私はメリーの首輪に鎖をつけてそれを握り、メリーをひっぱったり、またメリーにひっぱられたりしながら、池の周囲をひと廻りしてくる。

野口雨情もかつて武蔵野市に住んでいて、この井の頭は雨情が朝夕散歩をしていた処のようである。一昨年の秋だったか、池畔に雨情を偲ぶ碑が建てられた。碑面には雨情の作になる井の頭音頭の一節が刻んである。

鳴いてさわいで

日の暮れ頃は
葦《よし》に行々子《よしきり》
はなりやせぬ

雨情自身の筆蹟だが、一寸判読し難い。その後、碑の傍らに、文字を明記した表札が立てられた。雨情がこのうたを詠んだのは、大分むかしのことであろう。いまはよしきりの鳴声もきかれない。葦も池の輪郭が狭《せば》まって池の水が小さな流れになる、上に井の頭線の鉄橋が架かっている辺に、わずかに見られるばかりである。

昨年の春だったか、池の中ほどにある橋が改築されて、七井橋《なないばし》と呼ばれるようになった。橋のたもとには、こんな表札が立てられた。

「この池の水は大昔から飲料水、田用水に利用されています。特に徳川初期、神田上水が江戸の町民に使われ出すと、その水源として名高くなりました。後玉川上水が開かれると、その溜池《ためいけ》にもなったが、今は東京都水道の補助水になることもあります。徳川三代将軍家光の牟礼野田猟《かり》の時、御殿山に休息して池の泉に渇を医してから、弁財天の堂宇も立派にされました。池の中の七箇所から清水が湧いて旱《ひでり》の時も涸れることがないので、『七井池《なないのいけ》』といいます（江戸名所図絵）。また『神箭《かみや》の水』ともいいますが（新編武蔵風土記稿）これは池畔から石鏃《いしやじり》が沢山出たからでしょう。土地の人は『井の頭池』といいます（庶民史料）。この橋は、池の名の一つをとって七井橋といいます。」

この辺はむかしは将軍家の鷹狩の場所だったようである。池の中の七箇所から清水が湧いたというが、いまは大分減ったにちがいない。それでも水量はゆたかで、水の色も澄んでいる。

この池には浮藻が簇《ぞく》生している。その繁殖力は相当なものらしく、池に舟を浮かべて人夫が藻を除去する作業をしているのをよく見かける。雨情の碑のあるあたりの岸に、引上げられた藻が積んであって、そのそばを通ると、藻の匂いが鼻を刺戟する。私はことしはじめて浮藻の花を見た。私ははじめそれを季節《とき》ならぬ桜の花びらが、水面に散り敷いているのかと錯覚した。

池にはまた鳰《にお》がいる。可愛い鳥である。小粒で臆病気で、人の気配がすると、すぐ水にもぐる。キュルルルルルとけたたましい鳴声を立てて、水面を滑走する。一羽でいることは殆どない。いつも二羽連れ立っている。どちらがどちらとも判別しないが、雌雄なのかも知れない。私は鳰の浮巣というのを見たいと思っているが、まだお目にかからない。

メリーは私と連れ立って散歩するのが好きらしい。鼻づらで地面をかぐようにしながら、嬉々としてゆく。池畔をめぐりながらメリーは、藻の匂いに鼻をくんくんいわせたり、鳰の鳴声に肝を消したような顔つきをする。池をひとめぐりすると、私は公園の西の端れのいぬしでの木立のある丘にゆき、そこにあるベンチに腰かけて休み、メリーの首輪から鎖をはずしてやる。そして私の姿が見える範囲内でメリーをひとり勝手に遊ばせてやる。

私はひごろからこの場所が好きなのである。私は都会育ちで木や草には馴染みがうすく、とんと疎い方なのだが、いつかいぬしでの樹に親しみを感ずるようになった。その暗灰色の樹の肌や、丈高く細長い伸びようをしている幹の姿態を見ると、なにかの動物にでも接しているような親しみが湧く。いぬしでの冬木立はよかった。裸になった梢《こずえ》の発揮する生気はなんとも云えなかった。また、その梢に新芽が萌えだしたときの初々しさといったら、なかった。青葉の頃、ベンチに腰かけて上を仰ぐと、私の頭上高く、緑の天蓋が覆いかぶさっていて、私はうっとりとしていい気分になるのであった。メリーをはじめて見たときも、私はベンチに仰向けに寝ころんで梢を仰ぎ、いつか夢路に入って、眼がさめてメリーの顔を見て、私ははじめそれをまだ夢のつづきのように思っていたのだったが。

その日の夕方、私はいつものようにメリーを連れて池をひとめぐりし、いぬしでの木立のある丘にきて、メリーを解放し、ベンチに腰をおろしてぼんやりしていた。私の胸の中に幽閉されている眠れる王子は、永遠に目ざめるときが来ないのではなかろうかと、私はそんなことをぼんやり考えていたのである。すると不意に「キャン、キャン。」というただならぬメリーの悲鳴がきこえた。びっくりして見ると、一匹の図体の大きな赤毛の犬が、逃げるメリーを追いまわしているのである。私は肝をつぶして、その場にかけつけ、メリーをうしろに庇って、ぐっと赤毛の犬を睨みつけた。一瞬、私とそやつの目が嚙みあったが、そのとき私はぞっとするものを感じた。赤毛の犬はいきなり私を目がけて飛びかかってきたのである。私は自分の軀に赤犬がぶつかるのを感じ、はずそうとして思わずそこに尻餅をついた。私はしまったと思い、そのとき脱げた下駄をつかむと、無我夢中に横に払った。手応え充分であった。私は赤犬の横腹をいやというほど擲《なぐ》りつけたらしかった。案ずるほどのこともなかった。赤犬は「キャン。」と一声悲鳴をあげると、後をも見ずに逃げ去った。私はほっとした。やれやれ。見るとメリーは気づかわしそうに私を見守っている。いい塩梅にメリーは恙《つつが》なかった。気がついてみると、私は負傷をしていた。右掌の小指の下のところにうすく歯型がついて紫色になっていた。赤犬は狂犬ではないだろうか。そうだとすると、ことだと思った。それと同時にメリーの軀のことが気になった。いまのショックはメリーのおなかの中の仔どもに悪い影響を及ぼしはしないだろうか。若しかしたら、流産しはしないだろうか。黒雲がもくもくと立ちこめ、前途が真暗になったような気がした。私はその足で獣医のもとに行った。

　獣医は私の話をきき、一応メリーの軀を診察したが、異状はないと云った。私の負傷の方はてんで問題にもしなかった。それはかすり傷にはちがいなかった。それでも獣医は私の気を休めるように、傷に薬をつけ繃帯をまいてくれた。赤犬は狂犬ではないだろうと獣医は云った。

「狂犬でなくとも、ひとを噛むものでしょうか。」

「噛みますとも。恐怖から。憎悪から。嫉妬から、愛情から。」

いやに人間臭いことを云うなと私は思った。横眼でれいの「幸福なる四部合奏」の絵を見ながら。

その夜私は夢を見た。

……私が外出から帰ってくると、メリーの小屋の前に、赤犬が立ちはだかっているではないか。見ると、赤犬は私がメリーのために用意しておいた、肉と野菜のまぜめしをがつがつ頬張っている。メリーはと見れば、小屋の奥の方に小さくなっている様子である。私は足音あらく赤犬のそばにつめより、「こら。」と一喝をくらわした。ふしぎなことに、私の口からは「ワン。」という声がもれた。私は自分がいつのまにか一匹の白犬になっていることを確認した。赤犬は私の方をふりむき、私達は互いに睨みあった。私は赤犬の眼を見つめているうちに、なんだか見覚えがあるなと思った。そう思うと同時に、眼前の赤犬の顔のなかから、私の小学校時代のある同級生の顔が二重写しのように見えてきた。あいつだ、と私は唸った。（あいつ。それは私の小学校時代のある同級生である、五年生のときであった。ある日、私が教室でその日文房具屋で買った新しい雑記帳を机から取り出して、いそいそとひろげてみると、自分ではまだなに一つ書いた覚えのないその真新しい頁のはじめに、鉛筆でまるで蜘蛛の巣を見るようにいたずら描きがしてあった。またある日、私は母の手縫いの仕立下ろしの着物をきて学校へ行ったが、家に帰ってきて見ると、その着物の背なかにガムがへばりついていた。またある日、学校でおひる時間に、私が弁当箱をあけてみたら、おかずの玉子焼を誰かが食い齧《かじ》った形跡があった。これらの犯人が誰であるか、私にはうすうす見当がついていた。それは教室で私のすぐうしろの席にいる生徒であった。その生徒はある金持の倅であった。彼は私の顔を横眼で見ながら、「玉子焼、玉子焼。」と自分からほのめかすようなことを云ったりしたのである。けれども、はっきりしたことではないので、私は彼に向って抗議を申し込むことは控えていた。ある日私が休み時間に、忘れてきたボールをとりに教室にもどると、人気のない教室の中で彼が私の机の上に屈み込んでいた。そばに行ってみると、彼は私の読本を机の上にひろげて、その挿画にクレヨンで出鱈目なぬり画をしているのであった。私はとうとう現場を押さえたのである。けれども驚いたことには、彼は私に見つけられたことに対して、少しもひるむ色を見せなかった。反ってまざまざと嘲りの色を満面に浮かべて私を見た。私はそのとき子供ながらにぞっとした。彼の眼色は私に対する悪意で燃えていたから。けれども、その後は彼も私に対してわるさをしなくなった。私はいまだに彼がどうして私に対してあんな真似をしたのか、というよりは敵意を抱いたのか見当がつかないのである。（ずっと後になって私は、ある新聞記事に「××首相はきょうは夕食に灘の生一本でまぐろのさしみを食べた。」と書いてあるのを読んだとき、なんとつかず彼のことを思い出した。もとより彼が成長して新聞記者となり、その記事を書いたというように想像したわけでもなかったが。まぐろのさしみが私の玉子焼を聯想させたのかも知れない。）赤犬は、いや、あいつは私が見覚えのある眼色で凝《じ》っと私を見つめた。私は子供のとき教室でこの眼を見たときの感情が、自分のうちに甦《よみが》えるのを感じた。あいつはかつて私の新しい雑記帳をよごしたように、いままた私とメリーの生活にけちをつけにやってきたのだろうか。あいつはあのときのように満面に敵意を浮かべて唸り声をあげた。「お前のような奴がいるから、世の中が住みにくくなるのだ。」私はその唸り声に打ちひしがれそうになった。同時に私の心にははじめてはげしい憤《いきどお》りがこみあげてきた。どこやらの諺にも云うではないか。「女房と城と犬とは他人に貸すな。」と。私はあいつが私に向けて投げつけた言葉を、そのまま熨斗をつけて返上してやろうかと思った。けれども私にはそれが出来なかった。ひとに向ってそんな言葉を云うほどならば、しっぽを巻いて退却した方がいい。私は前にすすめず後にもひけない状態で、あいつの前に立っていた。私は自分が全身すきだらけであることを感じた。いま若しあいつが飛びかかってくるならば、私はのど笛を嚙みきられることだろう。

私は眼がさめた。私は全身にびっしょり寝汗をかいていた。危いところだったと私は思わず心の中でつぶやいた。夢の中で白犬になった自分の姿は、眼がさめてからも、私の眼にありありと残っていた。これがいわば自分を客観的に見たということになるのではなかろうかと私は思った。客観的に見た「私」なるものは、どうしてなかなか可愛げのある代物であった。主観的反省では、私はいつも墨汁でもすするような自己嫌悪を味わうのであったが。私には夕方のことも夢のように思われたが、それは夢でない証拠には、私の掌には繃帯が巻かれてあった。雨戸をくると、外はもう明るかった。庭に出て、メリーの小屋の前にゆくと、私の足音をききつけて、メリーは小屋から出てきて、私の足に軀をこすりつけた。私はそこにしゃがんで、メリーの頸を抱きよせ、その眼差しに見入りながら、自分の頭が妄想から洗われていくのを感じた。

メリーのおなかは日ましに膨《ふく》れてきた。同時に乳房も膨れてきて、ちゃんと乳首が出来てきた。試みに乳首を絞ってみると、白いお乳がじわじわと、わき出すように出てくる。かるくおなかに掌をあてると、なかの仔どもの動くのが、こちらの掌に伝わってきた。メリーの眼はもうすっかり母親の眼になっていた。その眼は、「ね、わかりますか。」と私に問いかけているように思われた。

私はメリーを運動に連れ出すことをやめた。メリーの動作は目に見えて鈍くなってきた。なにをするのもけだるいといった様子で、庭先の陽あたりのいい場所に、ただぐったりとして寝ころぶようになった。お婆さんは不憫がって、そういうメリーのおなかをそっと撫でてやったりしていた。そうされると、いくらか切なさが緩和されるらしく、メリーは眼をほそくして喜んだ。

「なんだか、孫でも産まれるような気持がします。」

とお婆さんは云った。

私はメリーの産室には、離れの土間をあてることにした。私はまた果物屋から林檎箱をわけてもらって、それで産床をこしらえた。

離れの前の柿の実があらかた色づいた頃、メリーは無事に仔どもを産んだ。仔どもは五匹で、牡が二匹で、牝が三匹であった。被毛はみんなメリーに似ていた。

メリーの表情には、はじめて母親になった喜びが輝いていた。お婆さんもほっとしたし、私もほっとした。

その後、仔どもはみんな順調に発育している。仔どもがそろって互いにもぐりっこをしながら、メリーの乳房にとりついているところは、なんとも云えず可愛い。掌のうえに載せてやると、険難《けんのん》がって鼻をくんくんいわせる。その様子はまるで人間の子供が、「もういい。もういい。」と云っているように見える。

メリーは仔どもに乳を与えながら、誇らしげに私の顔を見上げる。その眼は私に向い、「ね、みんないい仔でしょ。」と自慢しているように見える。

こないだ、お婆さんの孫達が遊びにきたが、そのとき持参のカメラで、私がメリー達と共にいるところを写真にとってくれた。送ってくれた写真を見ると、メリー達のそばに、まぬけづらをした人間が写っていて、それはどうやら私のようであった。それこそ客観的判断の見本かも知れなかった。けれどもその写真を見て、私はチャップリンの「犬の生活」という古い映画のことを思い出した。その映画が上映されたのは、私がごく幼い頃のことで、私はその映画を見たようにも思うけれど、あるいは見なかったのかも知れないのだ。私はその映画がどういう筋書のものであったかも覚えていないし、またどんな場面があったかも覚えていないのである。けれども、私はその映画の一枚のスチールを見ていて、それを記憶しているのだ。それはれいの浮浪者の扮装をしているチャップリンが一匹の野良犬とならんでいる写真なのだ。その後も私はずっとその写真のことを、なんとなく忘れずにいる。筋書も覚えていない、あるいは見なかったのかも知れない映画の一枚のスチールを。「犬の生活」というその題名と共に。

森の中の犬ころ

小川未明

町のある酒屋の小舎《こや》の中で、宿無し犬が子供を産みました。

「こんなところで、犬が子を産みやがって困ったな。」と、主人は小言をいいました。これも、小僧たちが、平常《へいぜい》小舎の中をきれいに片づけておかないからだと、小僧たちまでしかられたのであります。

「この畜生《ちくしょう》のために、おれたちまでしかられるなんて、ばかばかしいこった。犬の子を河へ流してきてしまえ。」と、小僧たちは話をしました。

「そんな、かわいそうなことをするもんじゃない。目があいたらどこかへ持っていって捨ておいで。」と、かみさんがいいました。

そのうちに、小犬たちは、だんだん目が見えるようになりました。そして、よちよちと、短い、筆先《ふでさき》のような尾をふりながら歩くようになりました。「どうか、もうすこし、子供たちが大きくなるまで、ここにおいてください。」と、あわれな母犬《おやいぬ》はものをいわないかわりに、目で小僧さんたちに訴えたのであります。けれどそれは許されませんでした。

「だれか、もらいてがあるといいんだがな。」

「警察へつれていくと、一ぴき三十銭になるぜ。君つれていかないか？」

「ばかにするない。晩に、どこかへ、リヤカーに載せて捨ててきてやろう。」と、小僧さんたちは、そんな話をしていたのです。これを聞いた、母犬《おやいぬ》は、おどろきました。なぜなら、たとえしんせつそうに見える人間でも、そうしたことをやりかねないからです。

「私も、はじめは、何不自由《なにふじゆう》なく、かわいがられたものだ。それを、どういうわけか、いつからともなくきらわれて、私は、ついに、おいてきぼりにされて、飼い主は、どこへかいってしまった。私は、いまでも、その人たちをなつかしく、慕わしく思っているばかりでなく、ご恩を受けたことを、けっして忘れはしない。けれど、こんなことがあってから、人間を信じていいものかわからなくなった……。」と、母犬《おやいぬ》は考えました。

母犬《おやいぬ》は、だれにも、気づかれない間に、小犬たちをつれて、そこからほど隔たった、ある森の中に引っ越してしまいました。

その森は、ある大きな屋敷の一部になっていたのです。破れた垣根《かきね》からは、犬ばかりでなく、近所に住む人間の子供たちも、ときどき、出入りをしました。秋になると、どんぐりの実が落ちれば、また、くりの実なども落ちるのでありました。

母犬《おやいぬ》と小犬が、この森の中にうつったのは、まだ春のころでありました。人間の子供たちが、いたずらをしに、容易に近づかれないように、いばらや、竹のしげった一本の木の根のところに、穴を深く掘って、その中にすんだのであります。やっと、安心をした母犬《おやいぬ》は、かわいい子供たちを、かわるがわるなめてやりながら、

「ここなら、雨もあたらないし、また、だれからも追いたてられたり、じゃまにされたりすることもないだろう。私たちが人間になつくのは心の底からだけれど、人間は気まぐれで、捨てもすれば、また、ちょっとしたことでも、ひどくなぐったりする。だから、人間をほんとうに信じてはならない。おまえたちは、ほかの犬たちのように、りっぱな小舎《こや》にすむことができず、また、おいしいものを食べられなくても、それをうらやましがってはならない。そのかわりお母さんが、いつでもなにかさがしてきてあげるから……。」と、母犬《おやいぬ》は、よく小犬たちにいいきかせました。

母犬《おやいぬ》は、自分が、空腹を感じているときでも、なにか食べ物を見つければ、すぐに子

供たちのいるところへ持ってきました。また、途中で、なにかもの音がすると、それが、小犬《こいぬ》たちのいる森の方からでなかったかと、どこででも、立ち止まって耳をすましたのです。その間を、小犬たちは、穴の中から、首をのばして、母犬《おやいぬ》が、なにかうまいものを持ってきてくれるのを、いまかいまかと待っていました。そして、あまり、その帰りがおそいと、クンクンと、鼻をならし、また、低く悲しげにないたのであります。

これをききつけて、あわれな母犬《おやいぬ》は、大急《おおいそ》ぎでもどりました。

「さあ、さあ、待たしてわるかった。今日はいままで歩いたけれど、なにも見つからなかったのだよ。私の乳をあげるから、これで、がまんをしておくれ。」と、自分のひもじさも、疲れもすべて、忘れて、三びきの小犬をふところに、母犬《おやいぬ》は抱いたのです。

ある日のこと、母犬《おやいぬ》の留守の間に、酒屋の小僧がやってきて、一ぴきの小犬をさらってゆきました。

「いい犬の子があったら、ほしいものだ。」と、頼んだ家《うち》がありましたので、そこへ持ってゆくつもりでありました。

母犬《おやいぬ》は、森の穴に帰ってみると、一ぴきの子供がいませんので、どこへいったろうと、心配しました。暗くなっても、まだ、小犬はもどってきませんでした。母犬《おやいぬ》は、きちがいのようになって、あたりをさがしまわりました。とうとう夜《よ》じゅう、かなしい声をたててなきあかしたのです。その声は町の方まできこえてきました。

「かわいそうに、もし人間が、自分の子供がいなくなったらどんなだろう?」と、酒屋のかみさんは、思いました。

小僧さんも、またかわいそうに思ったのか、翌日、昨日さらっていった小犬を、もう一度森の中までつれてきて、「おいしいものをたべさして、かわいがってくださるお家《うち》があるのだよ。」と、母犬《おやいぬ》に向かってよくさとしました。すると、その意味がわかったとみえて、母犬《おやいぬ》は尾をふって、もらわれてゆくわが子をさびしそうに見送っていたのです。

犬と人と花

小川未明

　ある町はずれのさびしい寺に、和尚《おしょう》さまと一ぴきの大きな赤犬《あかいぬ》とが住んでいました。そのほかには、だれもいなかったのであります。

　和尚さまは、毎日御堂《おどう》にいってお経《きょう》を上げられていました。昼も、夜も、あたりは火の消えたように寂然《ひっそり》として静かでありました。犬もだいぶ年をとっていました。おとなしい、聞き分けのある犬で、和尚さまのいうことはなんでもわかりました。ただ、ものがいえないばかりでありました。

　赤犬は、毎日、御堂の上がり口《くち》におとなしく腹《はら》ばいになって、和尚さまのあげるお経を熱心に聞いていたのであります。和尚さまは、どんな日でもお勤めを怠られたことはありません。赤犬も、お経のあげられる時分には、ちゃんときて、いつものごとく瞼《まぶた》を細くして、お経の声を聞いていました。

お寺の境内には、幾たびか春がきたり、また去りました。けれど、和尚さまと犬の生活には変わりがなかったのであります。

和尚さまは、ある日赤犬に向かって、

「おまえも年をとった。やがて極楽へゆくであろうが、私はいつも仏さまに向かって、今度の世には、おまえが徳のある人間に生まれ変わってくるようにとお願い申している。よく心で、仏さまに、おまえもお願い申しておれよ。おそらく、三十年の後《のち》には、おまえは、またこの娑婆《しゃば》に出てくるだろう。」といわれました。

赤犬は、和尚さまの話を聞いて、さもよくわかるようにうなだれて、二つの目から涙をこぼしていました。

数年の後《のち》に、和尚さまも犬も、ついにこの世を去ってしまいました。

三十年たち、五十年たち、七十年とたちました。この世の中もだいぶ変わりました。ある村に一人のおじいさんがありました。目の下に小さな黒子《ほくろ》があって、まるまるとよくふとっていました。歩くときは、ちょうど豚の歩くようによちよちと歩きました。おじいさんは、かつて怒ったことがなく、いつもにこにこと笑って、太い煙管《きせる》で煙草を喫っていました。そのうえ、おじいさんは、体がふとっていて働けないせいもあるが、怠け者でなんにもしなかったけれど、けっして食うに困るようなことはありませんでした。

「おじいさん、今年は豆がよくできたから持ってきました。どうか食べてください。」

「おじいさん、芋を持ってきました。どうか食べてください。」

「おじいさん、なにか不自由なものがあったら、どうかいってください。なんでもしてあげますから。」

いろいろに、村の人々は、おじいさんのところにいってきました。そうして、おじいさんがもらってくれるのをたいへんに喜びましたほど、おじいさんは、みんなから慕われていました。

村で若い者がけんかをすると、おじいさんは太い煙管《きせる》をくわえて、よちよちと出かけてゆきました。みんなは、おじいさんの目の下の黒子《ほくろ》のある笑顔を見ると、どんなに腹がたっていても急に和らいでしまって、その笑顔につりこまれて自分まで笑うのでありました。

また、村の人々は、どんなに働らいて疲れているときでも、おじいさんが、そこを通りかかって、

「いいお天気でございます。よく精《せい》が出るのう。」と、声をかけられると、人々は急に晴れ晴れした気持ちになって、また仕事にとりかかったのであります。

おじいさんは、この村では、なくてはならぬ人になりました。おじいさんさえいれば、村は平和がつづいたのであります。おじいさんは、若者の相手にもなれば、また子供らの相手となりました。

けれどおじいさんは、べつに富《と》んではいませんでした。食べることに困らなかったというまでであります。そうして、乞食《こじき》や、旅人《たびびと》の困るものには、なんでも余ったものは分けてやりました。

あるときのことです。村人は、畑から取れたものを持って、おじいさんの庭先へやってまいりました。

「おじいさん、これを食べてください。」といいました。

いつものごとく、にこにことして煙草を喫《す》っていたおじいさんは、その日にかぎって、常よりは元気なく、

「もう、私は、なんにもいらないから。」と答えて、軽く頭を振りました。

村人は、どうしたことかと心配でなりませんでした。

その明くる日、おじいさんは気分が悪くなって床《とこ》につくと、すやすやと眠るように死んでしまいました。いいおじいさんをなくして、村人は悲しみました。そうして、懇《ねんご》ろにおじいさんを葬って、みんなで法事を営《いとな》みました。

「ほんとうに、だれからでも慕われた、徳のあるおじいさんだった。」と、人々はうわさをいたしました。

また、二十年たち、三十年たちました。おじいさんの墓のそばに植えた桜の木は、大きくなって、毎年《まいねん》のくる春には、いつも雪の降ったように花が咲いたのであります。

ある年の春の長閑《のどか》な日のこと、花の下にあめ売りが屋台を下ろしていました。屋台に結んだ風船玉は空に漂い、また、立てた小旗《こばた》が風に吹かれていました。そこへ五つ六つの子供が三、四人集まって、あめを買っていました。

頭の上には、花が散って、ひらひらと風に舞っていました。

著者略歴

夏目漱石（一八六七年～一九一六年）

東京都出身。本名、夏目金之助。教師生活を送った後、イギリスに留学。帰国後は東京帝国大学で教鞭をとりながら、「吾輩は猫である」を発表。教職を辞した後は、朝日新聞社に入社し「虞美人草」「三四郎」などを連載した。晩年は、持病の胃潰瘍が悪化した。作品に『こころ』『坊っちゃん』『それから』などがある。

川端康成（一八九九年～一九七二年）

大阪府出身。東京帝国大学文学部国文学科在学中に菊池寛の了解を得て第六次「新思潮」を創刊。一九三五年に芥川賞の選考委員となり、六八年には日本で初めてノーベル文学賞を受賞した。新感覚派作家として独自の文学を貫いたが、七二年に仕事部屋でガス自殺を遂げた。七十二歳だった。代表作に『伊豆の踊子』『雪国』『山の音』『千羽鶴』などがある。

林芙美子（一九〇三年～一九五一年）

山口県出身（異説あり）。尾道高等女学校卒業後、恋人を頼って上京するも、婚約を破棄される。様々な職業を転々としたあと、一九三〇年に刊行した自伝的小説『放浪記』がベストセラーに。単身渡仏したのち、帰国後は女流作家としての地位を確立する。五一年に心臓麻痺で急逝。享年四十八歳。ほか『晩菊』『浮雲』『めし』などの作品がある。

太宰治（一九〇九年～一九四八年）

青森県の大富豪の家に生まれる。二十歳の時、芸者と心中を図るが未遂に終わる。その後、作家を目指し、井伏鱒二に師事。二十六歳の時、「逆行」が第一回芥川賞の次席となり、翌年、第一創作集『晩年』を刊行。戦後は一躍流行作家となるも、三十八歳の時、山崎富栄と入水し、この世を去る。代表作に『人間失格』『ヴィヨンの妻』などがある。

宮本百合子（一八九九年～一九五一年）

東京都出身。日本女子大学英文学科中退。十七歳の時に発表した「貧しき人々の群」で天才少女として知れ渡る。

アメリカ、ソ連に留学。帰国後に共産党に入り、委員長宮本顕治と結婚。投獄、弾圧されながらも執筆活動を続ける。

一九五一年髄膜炎菌敗血症で急逝。享年五十一。作品に『伸子』『播州平野』『道標』などがある。

夢野久作（一八八九年～一九三六年）

福岡県出身。右翼の大物杉山茂丸の子として生まれる。僧侶、新聞記者などを経て作家となる。

一人の人物の語りで物語が進行する独白体系と、本文がそのまま書簡形態である書簡体系が特徴的である。怪奇味、幻想性の濃い作品が多く、独特な世界観を作っている。主な作品に、『ドグラ・マグラ』『少女地獄』『猟奇歌』などがある。

佐藤春夫（一八九二年～一九六四年）

和歌山県出身。詩人・小説家。慶應義塾大学文学部中退。早くから「スバル」「三田文学」に詩を発表。一九一九年に小説「田園の憂鬱」を発表し、古風で叙情的な作風が注目を集めた。

門人が多いことでも知られ、太宰治、井伏鱒二、壇一雄など多くの作家が彼を師と仰いだ。

作品に詩集『殉情詩集』、小説『都会の憂鬱』などがある。

久生十蘭《ひさおじゅうらん》（一九〇二年～一九五七年）

北海道出身。函館新聞社に記者として勤める。その後パリに渡り演劇を学んだ。帰国後、「新青年」に発表した作品が次々と人気を博し、頭角を現していく。一九五二年には「鈴木主水」で直木賞を受賞。作品に『顎十郎捕物帳』『魔都』『キャラコさん』などがある。

豊島与志雄《とよしまよしお》（一八九〇年～一九五五年）

福岡県の士族の家に生まれる。小説家、翻訳家、児童文学者。

東京帝国大学文学部仏文科卒。在学中に芥川龍之介らと第三次「新思潮」を創刊し、同誌上に「湖水と彼等」を発表。文壇に認められる。

法政大学や東京大学などで講師として勤め、晩年まで教職に就く。小説に『生あらば』『野ざらし』など、翻訳書に『レ・ミゼラブル』などがある。

正岡子規（一八六七年～一九〇二年）

愛媛県出身。俳人、歌人。名は常規《つねのり》。別号に獺祭書屋主人、竹の里人などがある。東京帝国大学国文学科中退。

俳句革新に挑み、新聞「日本」紙上に歌論書「歌よみに与ふる書」を発表。晩年はカリエスに冒され、その気持ちを「病牀六尺」に書く。

高浜虚子、伊藤左千夫などの門下生がいる。

田山花袋（一八七一年～一九三〇年）

群馬県出身。尾崎紅葉に入門。硯友社系作家として「瓜畑」などを書いたが、「重右衛門の最後」の頃から客観的態度を重視するようになった。博文館に入社後、「文章世界」の主筆となり、自然主義の運動をすすめる。一九〇七年に発表した「蒲団」で自然主義文学の地位を築き、のちの私小説の出発点となった。

代表作に『田舎教師』『百夜』などがある。

芥川龍之介（一八九二年～一九二七年）

東京都出身。東京帝国大学英文科卒。在学中から創作活動を始め、一九一六年に発表した「鼻」は夏目漱石に絶賛された。卒業後、海軍機関学校に嘱託教官として就任する。教職を辞した後は大阪毎日新聞社に入社し、執筆活動に専念した。

三十五歳で服毒自殺し、鬼籍に入る。

作品に『羅生門』『歯車』『河童』などがある。

小山清（一九一一年～一九六五年）

東京都出身。明治学院中等部卒。

太宰治に師事し、文学者を志す。庶民生活の中の愛情を描いた短編作品を多く発表。三度芥川賞候補になるが、受賞はできなかった。

一九五八年に失語症になり、不遇の晩年を送る。六二年に妻が自殺し、その三年後に心不全により五十三歳で死去。

『小さな町』『落穂拾い』などの代表作がある。

小川未明（一八八二年～一九六一年）

新潟県出身。早稲田大学生時代に坪内逍遥や島村抱月から指導を受けた。

大学在学中に処女作「漂浪児」を雑誌「新小説」に発表。逍遥から「未明」の号を与えられる。二六年、『小川未明選集』を発売したのを契機に童話創作活動に専念していくことを決める。

代表作『赤い蝋燭と人魚』のほか、『小さな草と太陽』『青空の下の原っぱ』などの作品がある。

本文表記は読みやすさを重視し、原則として新字体、現代仮名遣い、常用漢字を採用しました。

また、今日の人権意識に照らし合わせると、不当、不適切と思われる語句や表現もありますが、作品の時代的背景と文学的価値とを考慮し、そのままとしました。

【出典一覧】

夏目漱石　「硝子戸の中」（新潮社）
川端康成　「犬」（中央公論新社）
林芙美子　「ひとしずくの涙、ほろり。」（くもん出版）
太宰治　「きりぎりす」（新潮社）
宮本百合子　「宮本百合子全集　第十八巻」（新日本出版社）
夢野久作　「夢野久作全集　7」（三一書房）
佐藤春夫　「美しき町・西班牙犬の家」（岩波書店）
久生十蘭　「無月物語」（社会思想社）
豊島与志雄　「日本児童文学大系　16」（ほるぷ出版）
正岡子規　「日本の名随筆76　犬」（作品社）
田山花袋　「定本　花袋全集　第二十一巻」（臨川書店）
芥川龍之介　「芥川龍之介全集　5」（筑摩書房）
小山清　「短篇礼賛　忘れかけた名品」（筑摩書房）
小川未明　「定本　小川未明童話全集　8」（講談社）
「定本　小川未明童話全集　1」（講談社）

文豪たちが書いた「犬」の名作短編集

平成30年6月14日　第1刷

編　纂　彩図社文芸部

発行人　山田有司

発行所　株式会社 彩図社《さいずしゃ》

〒170-0005　東京都豊島区南大塚3-24-4 MTビル
TEL:03-5985-8213
FAX:03-5985-8224

印刷所　新灯印刷株式会社

URL：http://www.saiz.co.jp
Twitter：https://twitter.com/saiz_sha

 ISBN978-4-8013-0302-7 C0193